大概小说

小安 著

GUANGXI NORMAL UNIVERSITY PRESS
广西师范大学出版社
·桂林·

DAGAI XIAOSHUO
大概小说

图书在版编目（CIP）数据

大概小说 / 小安著. --桂林：广西师范大学出版社，
2022.11

ISBN 978-7-5598-5412-4

Ⅰ. ①大⋯ Ⅱ. ①小⋯ Ⅲ. ①长篇小说－中国－
当代 Ⅳ. ①I247.5

中国版本图书馆 CIP 数据核字（2022）第 175619 号

广西师范大学出版社出版发行

（广西桂林市五里店路 9 号 　邮政编码：541004）
网址：http://www.bbtpress.com
出版人：黄轩庄
全国新华书店经销
北京盛通印刷股份有限公司印刷
（北京经济技术开发区经海三路 18 号 　邮政编码：100176）
开本：787 mm × 1 092 mm 　1/32
印张：7.25 　字数：110 千字
2022 年 11 月第 1 版 　2022 年 11 月第 1 次印刷
定价：45.00 元

如发现印装质量问题，影响阅读，请与出版社发行部门联系调换。

1

　　很多衣架，木制，铁制，塑料，布制，相互绞在一起，上面挂着风衣，薄外套，各式裙子，长裙和短裙，长裤，牛仔裤子，内衣，围巾，长袜子，短袜子，总之很复杂。有个中年偏年轻的妇女，她是新来的，我没弄清楚她是客人，还是来做事情的。她正在整理这些衣架。房子里已经很忙乱，病人在床上躺着，病人没有发出任何声音，她半躺在床上，忍住痛苦，不发出声音。十分钟之前，病人完全还是好的，她到楼下去走了一阵，走多了一点，又走急了，觉得心脏难受，头昏沉。她不敢耽搁，坐电梯上楼，开门后，坐在沙发上休息，像往天一样，以为会平息下来，特别是心脏，恢复到有序的跳动，供应全身血液，特别是大脑。但这次没有那么简单。心一直乱跳，头晕眼花，天旋地转，眼睛是不敢睁开，她想休息一会就好了。但是症状加剧，天旋地转一点没有停止，她最怕这个，然后就呕吐，拉屎。她也很厉害，还是撑住了自己的身体，她不知道，呕吐和拉屎就对了，排泄减轻内部压力，吐完之后，她觉得轻松。照顾她的人，给她擦拭干净，抱她到

1

床上躺着，哪里不舒服，让她大声说出来，她闭着双眼，依然不敢睁开，不然房子家具都在转动。她不想说话，照顾她的人，把她吐的拉的打扫清理干净。问她，打120去医院里可好，她说不去，只想在家里。她觉得危险期已经过去，只等慢慢恢复。照顾她的人，再说一次，打120去医院可好，她说不。又问她，去买点药吃？她说，可以啊。买些止吐，活血化瘀的药物。她感觉还想吐。照顾她的人，打了个电话，让人来帮着去买药。拿一个塑料盆放在她的嘴边，她吐了一点，没有刚才猛烈。她闭着眼睛养神。

我从外面进屋来，就看到一个陌生女人在整理房子，衣柜。早上我买菜去了，七点过，我想找那个最大的市场，那里有新鲜菌子卖，我想买菌子熬汤给我们喝。我越走越远，可能迷路了，走到城郊，那里有一个急救中心，急救培训中心，黄墙白房。再走就是树林和更小的路。我不能固执地走下去了，必须问路，问了几次，有些人也不知道我说的那个卖菌子的市场，摇头说，不晓得，或冷漠地说不晓得。我往回走多问几次，终于问清楚了，在镇政府旁边，我走远了，在某处拐错了弯，本来该左，我朝右拐了。我的大脑印记中，就是该右拐，且疯了直走。我自然错了。

我朝回走时,路边其实有卖菌子的,很好的菌子,铺在绿油油的树叶上,我没买,甚至都没弯腰问问,我就是固执地要去那个市场买。我回走时,见路边有家人在杀一条乌蛇,就像杀黄鳝那样,把蛇绑在板凳上,血淋淋的。围着一圈人看,我看了几分钟,我说,好残忍,但没好意思阻止,蛇已经死了,等那家人把蛇杀完,清洗干净,放到砂锅里煮,看的人会散去。蛇汤炖好后,汤是雪白的,我很早之前也吃过,我也吃过。现在看见别人杀却不忍心,如果真的炖好了请我吃,我可能还是会吃的,也许会拒绝。我回走后,路清晰起来,路程并不远,很快看到了镇政府,市场就在它的旁边,一个巨大的市场。

我买菜花了两个小时,回去时,为了节约时间,菜又太多太沉,我搭了车。

中年女人,把衣架上的东西拿下来,折好,衣架一排排,她说,这样才像话。她躺在床上,听女人说话,她想,她身体真好啊,说话中气十足,她说把这里整好了,她下午就去跳舞。

续 1

　　然后，买药的人回来了，买药的人也就是照顾她的人，在她生命危机过后，打电话到物业管理处请了一个人来帮助她，本来想让请来的人去药房买药的，这个人说，她从来没有买过药，不知道该怎样做。她躺在床上，听这个女人说，从来没有买过药，闭着眼睛问，那你也从来没有吃过药？女人说，印象中是的。她想把眼睛睁开看看这个没吃过药的女人长啥样子，她先看到一片亮光，再寻声音找那女人，脑袋轻转了一下，头立刻眩晕起来，她闭上眼睛，深呼吸，照我以前教给她的方法，用鼻子连续吸气三次，全力打开胸腔，然后用嘴缓缓呼出气体七下，全身放松，这样做三个循环，人总算清明些。她说，你日子真好过，身体好，但你也有遗憾，吃药有时很好玩。你现在在干什么？女人说，我在整理你的衣柜，衣服多，乱作一团。衣架也绞在一起，我得一样一样理平正。她说，袜子内裤要分开放。女人说当然，整理完了，还要打扫，到处都是细渣渣，下午，我还要去跳舞，我们有一个跳舞队，还能挣点钱，节日，新店开张，我们就去捧场，敲敲锣鼓，扭几下，挣得不多，总比一分没有的好，我得多挣钱，在镇上买一套房子。她说，你也算能干。

照顾她的人把药袋子打开，给她看，是不是这些药？她闭着眼睛点头。又多买了纱布，碘酒，感冒冲剂，藿香正气口服液。都是你需要的，她说嗯，那吃药吧。买药的人，也就是照顾她的人，倒了一杯水，凉到温热，就拿药给她吃，她吃了药，继续闭着眼睛。照顾她的人坐在她的床边，拿住她的手，她想，这样，如果她感觉到她的体温，意念，好得更快些。

我收拾买回来的菜，菌子放在水盆里，放些盐泡着。我洗姜，剥蒜，吃菌子是必须要蒜的，打掉菌子里的毒性，主要还是提鲜。我切肉。我想，她生病了，这是我的错，我在街上耽搁太久，看人杀蛇，蛇真惨啊，被杀得血淋淋的，蛇又从不惹人的，它一般都躲藏得很好，这条蛇，可能走错路了，走到人多热闹的市镇，慌乱急了，才暴露在人的眼皮底下，被抓住而丧命，唉唉，可怜的蛇，蛇汤熬好之后，会卖给那些想吃蛇肉的人。除了看蛇，我还去了一家民族服装店，试穿了几件衣服，有件嫩绿色的上衣，前胸绣了大块金色的花，我很喜欢，但是一点不能讲价，我想拍个照片，老板也不准许。我和老板争吵几句。我在路上耽搁太久，是否有意走错路，想一个人多在外面逍遥，她担心了，一着急，心脏发作起来，连累到大脑。真是，她总是操些空心，自己又没能力改变，劝说多次也不听，觉得这是自己的权利。我自责，不能给她说，甚至不敢问她喝不喝菌汤。我也该打个电话到急救中心问问医生。我刚才迷路时见过急救中心以及急救培训中心。

　　我给房子里所有人说，想打个电话问问医生，她能不能吃菌子炖肉汤。照顾她的人说，还是我来打。她依然打的120，她认为打120是最稳妥的。我说，120不会答复你的。她说会。120确实答复她了。转给另一个急救医生。她说了情况，医生说，真是幸运，最危险的时候已经过去，她只是轻微中风了。还是应该到医院里观察。照顾她的人转头给她说，医生让你到医院里检查观察。她说不去。照顾她的人给医生说，她不去。又问，可以吃东西不？医生说完全可以吃。什么都可以吃么？医生有点犹豫，都可以吧，为了保险，生冷硬的不吃，吐了以后，胃黏膜有些损伤。那吃药呢？止吐，活血化瘀，和保护心脏的可以？我们买的这几种药。医生说可以吃。照顾她的人谢了医生，说有情况还可以打电话？医生说不可以了，没有看到病人，就诊断病情，这不合规则，最好到医院里来。挂断电话。照顾她的人给她说，你已经没事了，可以吃东西，什么都可以吃的。她还是说不想吃，不想吃啊，把胃伤到了。

2

我把一切菜准备好，放在砂锅里炖。至少要两个半小时才能吃，我有点饿，我问，有人饿了么？照顾她的人说，一直在忙，我都饿过了。又问她，要吃点东西？她说不，胃痛。你应该要吃点甜食，刚吃了药，苦。她说，对胃有好处么？是的，对心脏和大脑也有好处，补充能量。她说，那就吃点吧。我很高兴她想吃点东西，我从冰箱拿出蛋糕和巧克力，问她，你吃哪个，她说巧克力，我给她一个巧克力，她自己用手抓着，放到嘴里，闭着眼睛吃，她的表情开了一些，她一直是喜欢吃巧克力的。我吃了一块蛋糕，照顾她的人也吃了一块蛋糕，我说泡一壶茶吧，照顾她的人说，要得，马上烧水，我把壶和杯子洗干净，我们坐下来，等水烧开。我又问她，你要吃块蛋糕吗，她说吃一小块，我拿一小块蛋糕，站起来递给她，巧克力已经完全被她融化了。她又把蛋糕放进嘴里，我说，你要喝口水吗，她说等一下吧。我们要泡茶，你要喝清水还是喝茶，她说等一下吧，话太多了，好累人。照顾她的人说，让她安静一会儿。水开了，她把茶叶放进壶里，倒入开水，摇动几下，然后又把壶里的水倒出来，她在洗茶，也可以不洗的，我喝茶就不爱洗什么茶，觉得白白浪费一些茶水。再次把水倒入壶里，几秒钟，她把壶里的茶水倒进几个杯子里，端起来，她说，喝茶。我也端起杯子，喝了一口，滚烫，我说，好喝的茶。转头看看窗户，亮亮的，我说，开电视？问她吧，她说开就开。我问她，我们想开电视，可以么？她没回答，可能没有听清楚。照顾她的人走到她床头问，我们想开电视。她说，开嘛。声音小点，别看新闻，太死板无趣。那你想看什么？她说，我又看不到，我只是听。她又说，体育。

我打开电视，转到体育频道，是黄金联赛。跳远决赛。跳高决赛……声音开得很小，她刚好能听到。我们一个一个看。有人起跳犯规了，重新跳过，可惜，跳得那么远。她说，你们没喊整理房间的人吃点心。她又开始操劳。整理房间的女人，在另一个房间活动，看不见她的人影。必须要喊她吃么？她说是，礼节。听你的，那我去看她。我站起来，走到那个房间门口，说，你要吃点心么，我们在喝茶，你要喝茶么？女人正站在椅子上，把一床厚被子放在衣柜最高一层，她踮起脚，吃很大的力，才放上去，满脸的汗水。我见衣柜中层，一排排衣架，齐整排列，衣服也垂直驯服，我夸她，你做得真好，辛苦你了。她从椅子上下来，靠这个赚钱呢。我又问，你饿了么，吃点东西，喝杯茶？她说不饿，我不能停，我想快些做完，下午我要去跳舞。我说，喝水可以嘛，你出那么多汗，你不用停下来，我给你拿一杯水来，她说，要得，麻烦你。我退出来，用大玻璃杯倒茶水，拿给女人，她一口气喝下，把杯子递给我，再次说，劳烦你了，谢谢。她蹲下去，整理柜子的底层，很多小物品，腰带，发带，发夹，脚气贴，护腿，充电器……女人一样一样拣出来，她并没有抱怨。我又退出来，把杯子放在茶桌上。黄金联赛，正播到女子两百米跑步，尽是黑皮肤，照顾她的人说，快跑，是黑人的天赋，跑动时身体舒展，如奔马一样，很好看。

3

　　我问，黑人是黑皮肤，肢体灵活，我们是黄皮肤，我们的长处是什么？不知道嘛。也许是打乒乓球，羽毛球，又叫挥拍运动，据说对身体极好，我看到一篇文章里写，挥拍运动在健身运动类排第一名，我们哪天也去打个乒乓球，我小学时候打得还很好，没几个对手。照顾她的人说，你是左撇子，别人开始不习惯你的方位而已，慢慢地你就没优势了，你发球还可以，比较凶狠，不容易接住。我们的长处还有虚荣和勤快和盲从和忍和迷信，苦和苦苦，吃苦。最爱吃苦，不爱说快乐，满脸都是苦，一天到晚喊你吃苦，苦就是甜。还有爱搞阳奉阴违，爱勾兑，哈哈哈哈哈哈哈，勾兑真是太笑人平常贴切的词了，你仔细想，真的有意思。我们一切生活以勾兑为基础，不勾兑不安心。勾兑酒，食品，事情，人际交往，权力金钱，以后还会勾兑宇宙。照顾她的人说，我们在瞎聊，其实无所谓，这样生活也很可爱，我们几乎不到处走动，每天只是坐着，坐在这里喝茶交谈看电视，照顾病人，就被控制了，也叫统治。比如你，也很虚荣，我们一直以来都没有厌弃你。我说是的，我虚荣而且懒惰，自卑，残忍，内心热爱权力和金钱，虽然都没有实施。这里谁最虚荣呢？生病的老人家最虚荣，我是跟她学过来的，但她绝不懒惰。她似乎听到了我们在说她。她说，谁最虚荣，你们说我么？照顾她的人说，你不是虚荣，你是好面子，情愿饿肚皮，也要穿一件好衣服，好鞋子，出门给别人看，她说，吃在肚子里，一会儿就没有了，别人又看不到。即使没钱没米也要请客，这些都是你的好习惯。她笑了，这是礼节。我们很兴奋，她情绪高兴了身体也高兴，病就去除得快。照顾她的人问她，要喝水么？她说不喝，解手麻烦。不要怕解手麻烦别人，我们会照顾你，现在，如果没有人照顾你，你是活不下去的，我们愿意照顾你。那就喝半杯茶，淡一点。照顾她的人倒了大半杯茶给她，她喝下去，又给她一张纸，她擦拭嘴巴，说，有点累，想睡一会儿，先解个手。我去拿了个盆子来，放在床面前，我们一起扶她。我说，你好点了吧，不那么晕了？睁开眼睛看房子还在转没有。她说好像不那么晕了。我们扶她躺在床上，躺舒适。她闭上眼睛，准备进入睡眠。

我和照顾她的人，都洗干净手。我去厨房看炖的菌子汤，开到最小火，揭开锅盖，一股野香就飘出来，我说，你们闻到没有，野香味。在房间深处整理的女人，她的声音说，闻到了，飘到我这儿来了。我说，饭做好了，一起吃饭。她没表示，我听不到她的声音。

我从厨房出来，又坐到电视机旁边，照顾她的人打开壶盖，看壶里的茶，说，茶喝白了，要不要再泡一壶？我说好。她把壶里的剩茶倒掉，清理干净。重新烧水。发现用来泡茶的水只剩一点点。她说，没水了，得给超市打电话送桶水来。我说，将就用自来水，我从来都是用自来水的。她说，既然有泡茶的好水，泡出来的茶水又甘甜好喝，为何不用呢？让人送一桶水来又不是很遥远，而且做这个事的人也赚了钱。我说，好吧。她拿起手机打电话给超市的人，说，请送一桶水来，地址是几栋几单元几楼几号。对方说，很快。她说，等不了几分钟。我们就坐着等，和空茶壶，空茶杯，电视机，病人，整理房间的女人，和房间里的空气，只需用一点点时间。

病人显然睡着了，传出中等大小的呼吸声。她从来瞌睡就很好，入睡特别快。要不要抽一支烟？照顾她的人说，等一会儿，等送水的人来了以后，泡好茶，再抽一支烟。

我说，那就等嘛。我说转个频道，不看体育新闻，看什么？看相声可以么？我转台到相声节目。中间经过购物频道，美妆频道，美人频道，我停留几秒钟，看看美人频道里的美人，也不过是推销。我说并没有美人，名字取得好，要是让四大美人复活，那还有点意思。经典频道，熊猫频道，熊猫频道永远是几个熊猫在那里表演，没有人和其他动物，永远就几个动作，吃竹子，翻滚，躺下。照顾她的人静默地看我翻频道，我说，熊猫特殊，专门给它们开个频道。我从头转到尾，又从尾转到头，几百个频道，有些是空的。终于来到相声节目。看了一会，确实有意思，特别是那个捧哏的胖子，总觉得他有点羞涩，眼睛都不敢看观众，我们笑出声来。

4

等不了多久，看完半个相声的时间，送水的人来了，他站在门口问，是你家要的水么？照顾她的人回答是的。她站起来，走到门口，侧身，给送水的人说，你把水桶搬进来，不脱鞋可以的。他是个中学生，有十七八岁，穿的白T恤，牛仔裤和球鞋，眼睛有点斜视。我说，你是打暑期工么？他说对，挣点零花钱，买游戏装备。听到声音，整理房间的女人也跑出来，看到学生，她满脸都是高兴的笑，她说，你给她们送水来，重不重啊？学生通红的表情，说，这个哪里好重嘛，大石头我都搬得走。女人又去拉他的衣服，都皱了，还有灰尘。他躲开，不算生气，安放好新桶，把旧桶拿走。女人说，小心点走路，别碰到自己了。他回说晓得的，不要操心没用的，你又不能帮我走路。我说你还会说呢，她确实不能帮你走路。谢谢你，学生兄弟。他一直通红着脸，可能要红很久，至少到超市，如果出去被风一吹，也许吹得散。我给整理房间的女人说，他是你儿子么？是我兄弟。你有这么小的弟弟？她说是，我爹妈四十多岁才生出来的，金贵得不得了，生怕有一点点闪失。我说，你也很疼吧？肯定啊，总共才一个兄弟，脑子不咋聪明，憨得很。走路总是碰到这样碰到那样，流血瘀青。他自己倒很不娇贵，跑出来打工挣钱，整天疯跑。我说要得嘞，不然娇惯坏了。他真的搬过大石头？她说，经常搬，堆在房子外面，堆多了，又搬回山里去。我说，精力太旺盛，发泄出来才好。她回到房间深处。

　　照顾她的人已经烧开了水，自语，这次喝什么茶呢？她在茶叶堆里翻找，白的，红的，绿的，花的。我说，喝清明时我们在山里买的那个所谓野生红茶，味道冲。要得嘛，那茶是真野。她把茶找出来，黑乎乎的，这个时候有点疲倦，多放点。她把茶泡好，一人一杯，先闻闻，一口喝掉，好冲的茶，我爱喝。我说，接下来该抽烟了，她又找烟，一人一支，点上，深吸一口，徐徐吐出烟子，不说话了，盯着电视，抽烟，继续看相声。我的脑子想到，小时候我们就会抽烟了，偷叶子烟，用白纸裹，裹到最后口水舔一下，就粘好了，整整抽一支，醉晕，不停地吐口水，在山上昏睡到天黑透才缓解，肚子饿得发心慌。

　　她说，就是，还喝醉过酒，苕干酒，不知道度数有多高，现在感觉有一百度，喝下去，耳朵就在响，难受得要死，不敢说，只有等它自行缓解。没彻底醉死活到今天算运气好。跌倒在河水里（夏天涨大水，大雨下一个星期，没有边际，有人就淹死了）粪坑里淹死，被人拐跑，被陌生人大人欺负，对小孩子，到处都是危险，甚至鬼魂都要来欺负我们，天黑就来，走到大山背阴处，它们也出现，跟到后面走，和我们走的响声一模一样，专门愚弄我们小孩子。

5

还有蛇，除了害怕鬼，蛇就是第二害怕的了。蛇有时候吊在房梁上，那个还不是特别让人害怕，大人都说那是祖先，待在家里保佑一家人。我们就以为是死去的祖父祖母变的，看它一眼，假装它就是一家人。

我有几十次在山路上碰到蛇，如果它在路两边的草丛和荆棘丛里还好，我只需轻手轻脚，屏住呼吸走过去，不惊动它，走很长一截路，才敢大口呼吸，又一阵猛跑。最怕它在后面追。

照顾她的人说，我也是，我们以前生活在一家里，小时经历都差不多，饿肚子，挨打，玩扑克。哈哈，我还以为你不怕呢，也不怕鬼，都觉得你胆子大得很。我们小时都没互相说过，天天在一起，又好像各耍各的。

我咋不怕呢，只是没有你那么夸张。我是多次遇到，还看到过妖怪神仙，黑白吴二爷，我看到就看到了，只是不得说出来，不像你那么夸张，又哭又闹的，还睡不着觉，请人来喊魂，你的魂究竟掉在哪里的，是山的背阴处，还是水沟里？我觉得是在山的背阴处，我放学回家掉的，我一个人走，有个阴影从山顶飘下来，一直跟着我走，走到明亮处，它才不见了。当天回去就不能闭眼睡觉，怕黑，必须开着灯。大人都去注意你了。我只好每天每夜默默无闻地生活。

但是，蛇确实可怕呀，滑腻腻，又不声不响，又不知道蛇的牙齿有几颗，不像我们有两排，咧开嘴，白颜色，一眼就能看到，蛇的牙齿在哪里，它是咋个咬到人的肉上，是叮上去，还是啃，猜都猜不到。如果不小心踩上去，人都要惊得弹起来，幸好我还没有踩到过。最可怕的是，蛇待在路中间，它盘在那里，黑住一团，头仰起，又吐舌头。太阳好的天，它可能出来晒太阳，吃露水。本来高兴地一个小人走着，山在头上大得不得了，压住我，我也不管它，看着地上走，看着眼睛底下的东西，倒是看得清清楚楚，心里念念不要遇到蛇和鬼，不要遇到蛇，但是就遇到了，突然看见它，只好站住，或静悄悄，自以为后退得无声无息，苦起一张脸，又没人来解救你，又不敢盯它，怕它看到我了，只好去看天上的云，跑的野兔子，蚂蚁，乌鸦，老鹰。老鹰最好看，要看迷住，翅膀展开成一条直线，向下滑行很远，优雅自在，没人管得了老鹰。我看它滑行到山后头去消失了。远处山口出现两个人，一前一后走，男的在前面，女的在后面急急地跟上，两只手臂甩圆了。是铁姑娘要朋友吧？照顾她的人说，我也看到过好几回。铁姑娘送她的男朋友回家，翻过那个山口，还要走一截下坡路，我就看不到了。送过去送过来，他们花在路上的时间太久，最后也没成功。可能铁姑娘只喜欢那个送行的过程，又不怕蛇，又有人陪伴，又隐蔽自在。后来，那个男方不耐烦这样简单地走路，精力旺盛，跑去当兵几年。铁姑娘从此拒绝恋爱结婚，介绍人朝她家跑断腿，因为她长得太好看。

我看它们耍。等蛇也耍够了，自行爬开后，路空出来，我啥都忘记，忘记时间，天边的晚霞只剩一点亮光，我飞跑着走，天是肯定会走黑的，鬼又要出来活动了。有两回，我居然和铁姑娘走到一起，也不说话，心里非常非常高兴。

说以前的事情还是安逸，有点兴奋，好多我都搞忘了，我们天天在一起吃住，长大，就是一家人啊。后来，长成年了，离家，各人又去整一个家，结婚生孩子。我们又不是一家人了，只能是亲戚姊妹，有些还是仇人。人类这个规则是不合理的，错误的。照顾她的人说，将就适应吧。我原来以为你很厉害，也不和人交往，独来独去，在思考啥呢？没思考，脑袋一片空白，或一头雾水，就是一个人发瓜，不合群，但是，我绝对是想过当科学家的。说兴奋了，再抽一支烟吧，抽大红袍。我们再点一支烟。我说，抽完了烟，我去厨房把青菜洗干净，炒个青椒苦瓜，吃饭的时候还可以喝点酒吧。照顾她的人说，看看嘛，如果她高兴，我们就喝。她转头去看窗子，天阴暗起来，恐怕要下雨了，听响声，已经下了雨点。她去把纱窗关上，又给房间深处打扫的女人说，你那边如果风吹得猛，把窗子关了，这雨要下大，女人回答，声音传了一会才传到我们身边，知道知道，我晓得关，雨整进来，我才麻烦得很，又要清理。

6

难道还要说蛇么？说嘛，也可以不说，随便，多说一会也没关系，蛇使人，我们害怕，它也好玩，很酷，也是杂耍艺人的最爱，路边的杂耍，要么旁边还多一只猴子在跳跃。我们站立着看，站在最后面，土坎上，再加一个石头，位置高些，我们双脚立在石头上，看得清楚。

天还在下雨，下雨那个节奏，不管大雨还是小雨，听进去了，会觉得，荒凉，远古。听起来是热烈，人越听越缩小，如果是一个人听，你和下雨混在一起，身上就有了远古的节奏，反正我听过很多次，就是这种感受。人小的时候听下雨，雨总是不停，感觉一下就是一年。害怕大雨把我们吞噬卷跑。某一年的夏天，雨连下七天，房子都要生霉了，真的生霉了，我们的头上长了虱子，这个就是生霉的表现。晚上我们睡在床上发抖，山洪暴发，我们的表哥不是就被大洪水卷跑了么，暴雨停止后，大人们沿河打捞，过一星期才找回来的，尸体被冲烂了，皮都没有，是的，好可怕。我现在依然害怕。还是陈矮子给他整理尸体，穿上寿衣，一个大棺木停在晒坝上。他的新娘子也来了，结婚才七天还是五天。新娘子当然就哭，没有哭晕倒，她是很漂亮的，白皮肤，一白就遮百丑，大家都觉得她完美无瑕，我仔细看过，其实她脸上有密密的麻子点点。新娘子哭一会就被人扶起来，坐到椅子上哭，让其他人来。她也去哭了的，因为这是她的侄儿。然后是死人的父母，没哭几声就晕倒在地，真是啊，这是伤心欲绝，我们小小的心也跟着颤抖。最后还是陈矮子来做完一切后事。

新娘子，还是改嫁了，只一年左右，即使她本人不想改嫁，也经不住媒婆天天上门提亲，嗡嗡嗡嗡嗡地说，把她说晕了，挑了很多男人中的一个进行二嫁。嫁到哪里去，好像在阆中古城边上，靠近剑阁县，山高路远，我们从来没有走过去过，也从来没有想过要去，一丁点都没想过。我们走的是我们周围这几座山，都吃力得很，心里酸酸的，小孩子太无能力，被动。

照顾她的人说，你的魂也是陈矮子给你喊回来的。天黑以后，你就被人牵着手站在门口，陈矮子在外面自留地边上搭的豆角丝瓜棚。喊，安玩美回来没有哦，你妈妈（她）就回答，回来了。连喊七天，你的魂就回到你的身体里。我们都听着，觉得你好可笑，站在她身边，一声都不发出，你在想啥子？没想啥，就站着，很遥远，不关我的事情。但是，喊了以后，我至少晚上可以睡好觉，身体也强壮起来。我认为，我当时的思维被什么链接起了，小孩子容易通过某种通道，然后就滞留在那里不回。可能吧，你一直就是呆眉呆眼的。你被喊过魂以后，我也好了，晚上能睡着了，我的魂跟着你的跑回来，而且我们没有搞错，村里其他孩子的魂可能都一起回来了。

怪得很，每个乡村都有做这种事情的人，连接阳间和阴间，比如陈矮子，他就两头跑，从来不抱怨。他长得就像个小人，不衰老。也许他喜欢阴间更多一些。现在我都记得到他的样子，一双赤脚跑动着走路，披一张蓑衣，不吓人。

照顾她的人说，蛇又怎样？蛇是会报复人的，毒性大的东西，报复性也强。包括蜥蜴……她走到病人的房间，看她醒来没有，她其实醒了，睁着眼睛，看窗户那里。要不要把窗子关上？冷不？她说不冷，雨下得不小，你们在那里胡扯，顶楼上晾晒的被单也不去收回来，全部打湿透了。糟糕，我们忘记得干干净净。你想起床来不？她说，不想，就这样半躺着，听下雨。再吃一道药？我马上倒水，拿药，递给她，她说药不好吃，胶囊太难吞下去，要喝许多水。我说，难吃也必须吃。她吃了药，想再吃一块巧克力，我又给她一块，她放到嘴里慢慢品尝，巧克力真好吃。照顾她的人去窗子那里，朝下看，到处都湿漉漉的，其实下雨好看，有一辆奔驰汽车从左边的车道慢慢开过来，在雨中看，缓缓而来。她想，这就是远古了，安静状态，人小时候离远古最近。

她吃着巧克力，你们都不去帮忙么，或看看，整理房间的女人做到哪里了，钱袋子还放在那里，怕收拾收拾掉了。我说，不会，你那一点碎银子，我故意幽默一下，没人看得上，肯定在的。她在收拾厕所，厕所太脏，满地头发，都是我们的，衣柜已经完全整理清楚。

她说，我刚才做了个不好的梦。梦到蛇了么？梦到蛇要生男孩。我对她笑嘻嘻的。她说，瞎胡说，不是蛇，梦到的是人。

7

照顾她的人，看完窗子底下的雨中情景，转身来面对房子内，我觉得她头发沾上了雨，有水珠发亮。我问，楼下有人没有？她说，没有。你觉得会有人走过来不？她说我正看着，我觉得会有，这雨又不是特大，目前，车比人多，那辆缓缓行来的奔驰车已经停住了，车上的人下来，只有一个，低头冲进楼洞里。他会来找我们么？不会，不是我们家的人。万一是医生呢？惦记她的病。不会，医生不会如此突然。那就什么都不是了？对，和我们无关的。再问一句，他或她穿的啥子衣服？是他，穿的棕色。好吧。她又叹息，如今的人都好像很有钱，楼下四辆车，就有一辆宝马，两辆奔驰，一辆丰田。而且级别都不低。我说，你还厉害嘛，认得车型。我学过驾驶技术，当然要认车了，十几年前，学了也是白学，没拿到驾驶执照，只把车认会了。我说，我也不爱开车，很麻烦，怕，开车就不能喝酒。如今几乎人人都喜欢买大车，高头大马，车越买越长，越宽，越高，路就变窄了，车占了人的位置，人经常不得不侧身走路，两只手臂还贴着身体，怕碰着汽车。我有一回走路，很多人一起，从饭店出来，喝了不少酒，疯狂说笑，撞到摩托车，我觉得摩托车的轮胎开到我小腿上来了，我吓得站住，同行的人也惊叫。我镇静后，看腿上，没有伤痕，我还不好意思起来，因为我们一队人马，走在马路中间，排成一横，阻碍了别人，我给骑摩托车的人道歉。他说，我左边右边中间都骑不过去，刹车不及时，冲撞了你。他说完，骑着摩托车跑了，我们都没反应，以为还要理论一阵，同行的人议论，可能还是怕赔钱，毕竟我们人多。可是我，并不会找他麻烦的。他按他的常规想法来判断。我们都有点气闷，不再说笑，迅速分开，有点鸟兽散的情形。我还很冷静，看后腿上，有灰泥痕迹，我拍拍干净，想，他骑的也不是摩托车，只是一辆轻型电瓶车，车后座上还有一个瘦女孩，他们应该是情侣了，或兄妹？女孩非常瘦小，又不说一句话，或者哼一声，她一直坐在电瓶车后座上没下地，也许低着头，在看手机，头发遮住脸，所以被忽略了。一个可怕厉害的女孩，能主动被人忽视掉，在那么惊慌的环境中。你们都没看到还有一个女孩？她问。没有，都慌作一团，又喝了很多酒，定力不好。电瓶车开过去后，我看到的，也许她回头看我，笑了，或假装愤怒，我才有印象。我问她，你冷么？要不把窗子关上吧？她说不冷，我盖着铺盖呢，开着窗子有活力些。

照顾她的人说，我站在窗子边太久，风吹雨淋，有点冷了，我要加一件衣服。耸了耸双肩，耸肩缩背。窗子继续开着。她说，你快点去加一件衣服，把头发擦干，多耽搁一下，就要感冒了，不能多一个人生病。照顾她的人说，好。她走到衣柜边，打开衣柜，上中下，三层，整齐有序的衣物，她赞叹，理得太好了，我是永远做不到的。她从衣架上取下一件开衫，尽量不碰着其他衣物，她是怕弄乱了一点，整体就混乱了，以至于柜子三层失去平衡。当然，到最后，又会乱得一塌糊涂。

她穿好开衫，说，不冷了。又赞叹衣柜的整洁。我说，你应该给整理衣柜的人说你的感受，你就感谢她嘛。她就大声说，感谢你啊，大姐。

我们又坐下来喝茶。是否再抽一支烟？她说，别抽了，会郁闷，我做了个梦，我觉得不愉快。

8

你很想讲你的梦么？她说，很想讲出来，我就没那么恐惧了，我惧怕死亡。那你就讲嘛，我们听着。她说，那我开始讲了。她每次要做个事情，总会说，那我开始了。她唱歌，唱圣歌，我想给她录音，她也说，那我开始唱了，询问的口气，也是决定。

我其实只睡着了一会，十几分钟，睡得很香，后来就被迷倒了，做梦。我想从睡梦中醒来，大声喊叫，摇动身体，你们没听见么，我喊那么多声，我知道你们在外面，你们只要拍我几下，我就醒了。可是，你们只顾自己说话，抽烟喝水，电视声音也阻挡了我发出的呼叫。我想尽办法，终于醒来，听见你们在说陈旧的事情。没啥意思，都过了那么多年，我已经忘记了。我说，我本来也忘记了，我们在一起，那些细节突然全部显现起来，说一说也开心，说完就化了。她说，我醒来后，坐在床上，想那梦景，没有迷倒时那么可怕，外面又下起雨，我又跟着雨的节奏，想那梦境，其实也是回忆。

我梦到死去的人，有些比我小，有些比我大，他们都死了。坐在我的门前，摆龙门阵，一直说，做鞋子，衣服，绣花，都不走开，说一说还笑，说我的手是最巧，裁剪，缝补，绣花，样样都做得巧。这个倒是真的，我有一双灵巧的手。她看看自己的手指，青筋暴露，现在太老了。我说，不老，还是巧手，给我做一件衣服吧。她说，做不动了，眼睛也瞎了。我本来就坏了一只眼睛。他们就坐在门前，说的事情我都晓得，好像天气晴朗，太阳很好，坐着晒太阳，一针一线做过年的鞋子，就等我加入进去。我知道他们已经死去，怎会过去。我骂，滚开，不要魒脸，你们这些死人，不要来找我。我就迷在那个境界里，越陷越深，无底深渊。然后，走过来一个尼姑，她大起肚子，怀孩子了，可能七八个月，我还惊讶，她也出现了，走过来坐在门前的石头凳子上，其他人吐她口水。她也不管，不和那些人说话，好像劳累得要死，满面伤苦。我说，尼姑咋个怀上孩子了？她本来是附近大斗山上庙子里的尼姑，平时香火不多。经常走村串乡，给人家做些小法事，如生孩子，坐月子，头痛脑热的，赚些米面油盐。她生得也白净高挑，容易招惹人，那些不正经作古的男人就去惹她，她也就动了性，乱了起来。这家走那家，走一走的肚子就大起来，都不知道是谁的孩子。那最后又咋个办呢？她只有回家了，不能在庙子里，村里人也不干啦。后来嫁到新疆去，好远哦，后来就无消息。不想，她也来找我。坐在门口的那一堆人里有没你的父母双亲？没有父亲，我都从来没有见过他，还没生下来，他就死在外面了，都不晓得死在哪里，孤魂野鬼。我母亲在里面，她在做一双青布鞋，双手和我一样的灵巧。她的话最多，又会说，和每个人都说笑，她也等我加入进去。我不觉得她是我母亲，她就是一个死人，想拉我去和他们待一起。

那个尼姑，她更是特意来等我。真他妈的倒霉，还大起个肚子。之前，我和她关系还好得很，因为我的眼睛坏了一只，自卑，十七八岁，我就想不好说婚姻了，和她商量出家去，我当时真心想出家，觉得在家里也苦，做不完的事情，如果找个不好的人家，就更苦，我给我妈说，她说，你自己做主就可以，她也不做决定，怕我以后天天苦灯做伴，怪罪她。尼姑也答应，看她和和善善的，我就想与她亲近。不想，我在做出家的准备，她却乱了性，被人奸了，肚子大起来。我哪里敢再和她靠近，出家的希望破灭。

隔得如此之远，她也来找我，那堆人中，可能就数她的怨气最大，所以，我使劲骂她，滚开，滚。

我觉得，她最可怜呢。死了就不可怜了，变成可恨。

你不要这样迷信，你只不过是做梦，就当回忆嘛。也许，你有意想梦到他们，想念你少女时候的生活。没事我想他们干吗，都是些死鬼。迷信是肯定的。

如果生病了，又很老，这些东西找上门来，还缠住你不走，当然就很怕了，只有我自己知道自己的心理。

照顾她的人说，现在，你说出来就说化了。我们也在，帮你把他们都化掉。她说，我还是有点惧怕。我念几句经，祈求上帝保佑平安。我说，你觉得好，你就念嘛，唱歌也可以，你唱歌唱得真好。

我们两个离开她，让她独自念经平复心情。不知道何人何时，在乡村的某个地点，拉她信仰基督教，她就信了，这对她孤独的性情也是很好的。我听她唱过圣歌，发音吐字，每一拍都准确到位，她唱圣歌唱得是一流，跳舞也不错，她喜欢。

9

尼姑，我对她很好奇呢，她是从哪里来的，为何要出家？

从哪里来的，从人世间来的嘛。就是我们附近，大斗山下的乡民，庙子不是在大斗山顶么？因为家里穷，姊妹太多，从小就被送到庙子里住，陪伴师父，有饭吃，长成人，师父死了后，她就接管庙子，没人管束，念了一些经，也没修出个什么名堂，凡心俗意依然很重，但是也不一定，万一她自己感受到一切皆空，无所畏惧了，佛魔佛魔，不是一息之间么？我没和她一起吃住过，没交谈过她那些念经修行的事情，只是每次她到村里来，笑嘻了，我妈妈接待她，给她一些粗米，我也和她说话，她夸我手巧，让我给她纳一双布鞋。以为她到处走动，很自由自在，我就向往了，对佛法经书我一点都不知道。照顾她的人说，你完全不懂，你出家干啥？我不是说过，出家是因为可以不缔婚姻，我觉得我不好说婚，眼睛坏了，对男人没信心，对以后的生活觉得恐惧，怕遇到一个怪男人，恶婆家，欺负我，害怕，我母亲又没势力，娘家给我撑不起。

我说，幸好你没有出家，不然，也很危险。尼姑，她穿起僧服，看起来很安全，可她一个人居住，走动，其实到处都是险境，都有猎人（男人）在追捕她，设置陷阱。那些大路小路，山坡，树林，山洞，荆棘丛，村子，庙宇，对她来说，都是极其险恶的处所，后来，她就终于遇到了，被捉住，毫无反抗力。而且如果你出家了，哪里遇得到父亲，哪里有我们这些你的儿女？很多男人是不可靠不可信赖的，父亲是很好的，知道心痛你和孩子们。她说，心痛，这倒是真的，你们父亲是很顾家，会付出，但他脾气也很暴烈，你们的性格都像他。那尼姑出事，主要来自男人的野蛮邪恶，她自己也毫无定力，修行不认真。如果我出了家，和她肯定不同。我们笑，是的，你一定不一样，你真出了家修行，说不定都成菩萨了，真的。她说，这说明和佛缘分不够啊。

我问，尼姑的孩子生下来了么？活下来了？有没人站出来承认是他的？她又受到惩罚没有？像鞭打关黑屋甚至整死她之类。

没有人承认孩子，哪个男人有那么义气，敢惹这些麻烦。也没人打她，都是乡里乡亲，家族之间互相牵连，做不下去。她不能继续在庙子待，只有一条路，回父母家，生下孩子，父母也不再养她，还有其他兄弟，不容忍她留下，想方设法，托人介绍，就嫁到遥远陌生的新疆去了。孩子，可能送人，可能留在她的父母家里，没死，现在可能还活着。这个年代还活着，今天？她说是的，也就七十多岁。没死就好，不然结局太惨了一点。我念几句咒语，唵嘛呢叭咪吽。她说，你念那个干啥，这世界一切都归上帝所有，包括你们都是。我说，我念这个是心里高兴，这每个字能量都巨大无比，对你的故人师父，表一点心意，送她超生，也远离你，让她不要来找你了，包括你以前所有死去的故人，你的妈妈，同乡，姐妹兄弟，让他们都超生去，你就清净了，愉快了，每天无忧无虑了。她开心起来，说，这还可以，头没那么晕。想起床。照顾她的人说，你再躺一会，等饭做好，吃饭时你起来吧，整理房间的人也要做客厅的卫生，有许多障碍，怕碰到你，她说好，听你们的吧。说这么多话，又问她要喝点水不，或吃水果。她说喝点热水，不想吃水果，生冷的东西不好。给她倒了杯白开水，她喝下去，自己擦擦嘴。

我们回到客厅，准备再坐下，看会电视，喝茶。茶水冷了，再烧一壶。她那边又说，雨停了吧？我跑到窗子边看，好像停了，天空在放晴，楼下有人活动，还有孩子跑，到处湿漉漉的亮闪闪的。她说，你们去楼顶上把被单收回来，重新洗干净，再晾出去。我们说，好的，你闭着眼睛眯一会吧，养神，别操这些空心。照顾她的人烧了一壶水，我给她说，我们喝一杯热茶就去。

10

我们继续坐着看电视，我随意乱翻频道，飞速转动。她很听话，躺在床上不吭声了。照顾她的人说，有点坐不住，要不，我们吃水果。她站起来在每间屋子里走动，巡视，三个卧室，都亮堂堂的，她又赞美一遍，走到厕所，亲自给女人说，大姐，你做得太仔细了，谢谢你。女人说，谢啥子嘛，我在挣钱，我必须做好，不然马马虎虎地整，以后谁还找我。还是要谢谢你。

她离开女人，让她专心做事，走到厨房，厨房还没整理过，黑乎乎油腻腻的。她问我，你吃啥子水果？梨还是苹果还是葡萄？我说随便，都可以吃。又给整理房间的女人说，你吃什么水果，她说不吃，手是脏的。她又低头听炖菜的声音，咕噜咕噜咕噜咕噜，觉得很好听。你们都不具体说吃哪一种，我就苹果和梨一样拿一个。她用一个白色小盆子，里面放一只苹果一只梨，和一把水果刀，走到客厅，坐下来想亲自动手削水果。我说我来削，我专门练过一阵子。她把刀递给我，我拿起苹果一圈一圈削。她说，看你用刀，左撇子，惊险，总觉得是反的，会割到自己的手指，有点不习惯，削的技术不错，一圈下来，水果皮没掉地上。我说专门练过削水果的技术。我把两个水果一起削完，切成小牙，摆放好，自己拿来吃吧，免得分去分来太麻烦。她喊，大姐，你洗手，来吃两块再做嘛，女人回，不吃了，吃东西浪费时间，我要快点做完，下午还去跳舞呢，约好两点钟。现在几点了？十点二十。还早。我们一块一块地吃水果，我觉得梨子好吃，清脆，水分多。苹果可能放久了，有点干。吃了水果，我看茶桌是歪的，被我们脚蹬斜了。我说，茶几歪了，把它搬正。我们俩又站起来，一人一边抬起茶几，她说，还有点重，我们把茶几放在最正确的位置，离沙发距离合适坐着舒服。我问她，这茶几是实木的吧，做工很好。她说不贵，板材的，做工确实好。电视上正好放购物节目，红木家具，一大套，客厅卧室书房全包了，原价五十万的，现在只要两万多就能搬回家。我心想，鬼才相信呢，只是看着也热闹啊，主持人长相还喜庆，说话飞快，口水都说干了吧，喝口水，像我们这样。照顾她的人说，什么红木，红酸枝木吧，整个东南亚都有，在国内恐怕大多是假的，具体也不明白，我们又不是做家具的。她突然又说，你知道天启么？我说不知道，他是哪里的人，这像个乡下人的名字，是我们老家乡下的么，做啥子的？他出事了么？都不是，他是木匠。一个木匠不稀奇。可他又是皇帝。我说，那就非常稀奇了。他是明朝的皇帝，名字叫朱由校，天启是他的年号。你怎么知道的？电视上看的，书上也写的有。他还有一个同父异母的兄弟更有名，叫朱由检，就是明朝最后一个皇帝，崇祯皇帝，崇祯也是年号。这个我知道，他是吊死的啊。是的，死得很冤枉。明朝并不是亡在他手上，是他的前辈累积起来的，包括木匠朱由校，和他们的祖父万历皇帝。有本书叫《万历十五年》，很好看，就写的万历皇帝，名字叫朱翊钧，是个大胖子，走路都困难，书上写他贪财好色懒惰，和全国人民赌气几十年不上朝。我觉得他很好玩啊，一个皇帝敛财，可能是太没有安全感。这个皇帝顺序你居然没有记混乱。她说用了心思的，爱好这个历史。

她又说，朱由检，就是崇祯皇帝，他很努力，但是毫无办法，是明朝气数已尽，清朝要崛起。就像一个老人要死，一个新生儿要出生。这个不管它，哪个来哪个去，都是走过场。天启皇帝做了什么家具？据说第一张可折叠的床，轻巧实用，还有其他喷水的精巧玩意，很多。茶几桌子也做过？肯定做过，可能都毁坏了，那好可惜，放在今天多值钱啊，有啥可惜呢，国家都可以不顾，任凭太监宫女去管理，不过是一个皇帝的特别爱好。也是的，爱好也很重要，不可能轻易丢得掉，那是爱好啊，比如爱好写诗画画，做木工。不能爱好杀人，那就大灾难了。是的是的。但是，对于一个皇帝，这几个爱好都差球不多，都是致命的。瞎吹牛嘛，我们没有亲自经历过，议论前朝前前朝前前前前朝的皇帝也很有意思。

11

其实，我也每天都做梦，我梦到很多人，大人，小孩，总统。最早以前，爱梦到动物，蛇，狮子老虎，被追杀，我在房梁上跑，在悬崖绝壁跑，在高楼大厦间跑，在水田里跑，想飞又飞不起来，现在不做这样的梦了，是我老了跑不动，还是我自己变得强大，可以秒杀一切动物？我梦到人，从来没有梦到过一个皇帝。皇帝太遥远了，他们都在历史里，你没有经历过，不知道怎样做梦，如果你每个皇帝都梦到了，你才真不得了，相当于你在每朝每代生活过，亲自演一遍历史。照顾她的人说完，问，我们再抽一支烟？说到这些历史，想抽一支烟，刚才说天启皇帝时，我就想抽一支。我说，你抽吧，我不想抽了，身体有点闷。她自己点一支烟，打火机不是很好打燃，她甩了几下，又把那个小钮扭到最大，突然打着了，火焰蹿起很高，几乎飘到眉毛，额前的头发飘着了几根，一小股臭味，和微弱的嗞嗞声。你把火开得太大了，我也这样遭过，比你凶，烧到眉毛了，很长时间都缺一小块。她说，抽烟的人都有这种经历吧。我说，关于历史，你知道得很多。我是一团糨糊，书，看了也是白看，从来没有理清楚过。她说，我只是感兴趣，没有其他爱好。看多了以后，觉得历史也没啥了不起，它会越来越短。她用拇指和食指比一个长短，然后凑拢。历史越来越短，最后就没有了，彻底消失，一切变化太快了，你完全还来不及看一眼。你说得很玄妙。

她说不是玄妙，本来就是这样子的。文化也会消失，它是没有用的。

　　我昨天做了一个梦，还有其他很多很多梦。我昨天做的那个梦，我觉得应验了她今天生病的预兆，但是，梦到了，也无法改变事实，你不知道恶果会发生在哪里。那你现在可以讲一下，虽然已经毫无意义，我们可以混时间，我是不怎么做梦，一觉到底。你很幸福。

　　我梦到，我又回医院去上班了。在病房里，忙得要命。一直忙到下午五点，双脚不停地跳。该五点半下班，五点钟来了两个病人，我把他们安置在床上。一个轻点，也不一定轻，表面上轻一些，因感冒，发烧三十九度多，久咳不停，给她测体温，输上液体，她很安静，还不麻烦。另一个病人脑袋里有严重的病灶。也给他输液。用根粗输液管子一端连接输液架，一端直接伸到脑子里，脑袋上开一个小孔道，液体和药物流到脑子的病变区域。那个病人六十多岁，非常烦躁不安，他扯掉输液管子，我去给他安上，他又扯掉管子，如此反复几次，我给医生说，医生给加了安眠药物，效果不太理想。我跑去跑来忙。还要处理一般的病人，眼看六点过了，接夜班的人来，我还没写交班记录。我给她口头交代新病人以及重病患者的情况，我们一起到床前交接。她看了脑袋里有病变的重病患者，因用了安眠药，稍微安静一点。另一患者，她虽然安静，但很悲伤的样子，我说，这个病人才要重点防范，一直发烧不退，怕她病情恶化。她答应着。我说，来不及写交班记录了，你给我空起，我下半夜来补上，我上深夜班，半夜两点去医院。

照顾她的人说，你好辛苦，白天忙碌一天，半夜还要去上班。我几十年，都是这样上班的，没有办法。

她说，我猜测，你第一个病人，脑子有病变那个，预示了她的生病，会好起来，这是你的主观愿望，她也必定会好起来，对吧？我说对的。第二个发烧咳嗽的人，预示的谁呢？就是不知道嘛，我做梦可以，哪有通天测地的本领。不管是谁生病，我们最好不要感冒了，还有给整理房间的大姐也说一声，让她给她的弟弟也说一声，她弟弟给超市里的人也说一下，超市里的人给买东西的人也说一声，不要感冒了，不要去人多的地方，天气变化大，记得添加衣服。这样不就传开了？怎样给整理房间的人说？直接说啊，就说你做了一个不祥的梦，不知道预兆的谁，好像大家都有份。

好吧，我去说。我走到整理房间的人身边，给她说了我做的梦。让她小心不要感冒了。她说，我这样劳动出汗不会感冒的，静坐不动才会生病。那你给你弟弟说一声，让他给超市里工作的人和去超市买东西的人都说一下。她说，我没时间，你看，我这么忙。我做的梦很重要，必须说出去。等做完了事情再给他说，那不是就晚了？不会不会，反正在今天一定说。好吧，你要记得哟。

我不能逼迫她马上给她弟弟说。我又坐回沙发上，给照顾她的人说，大姐根本不信我，她认为荒唐且子虚乌有。她说，是有点荒唐，翻翻周公解梦可能还有人相信。我说，不需要周公解梦，我自己都能解。整理房间的大姐还说，一直静坐不动才会生病，她说的我们吧，可我早上才去街上市场走了两个小时，不然怎么知道有人杀蛇。啊呀，是不是预示的杀蛇那个人，我们怎样通知他这个梦的暗示？他说不定已经不在那里了，假设他的生活是流动性质的。

12

只好下一回，我们现在出不去，必须要陪着她。

明天或者以后，我们到街上去，碰到杀蛇的人就给他说清楚。你的意思，让他不要再杀蛇了，你做的梦，明天不是过期了么？问下整理房间的女人，她认识不，让她去通知他。可以问。我没起立，大声问，大姐，你认识街上一个杀蛇的人不，一个男人。她没听清楚，跑出来，你说啥子？我说你认识街上一个杀蛇的男人么，好像还有老婆孩子与他在一起，他们把蛇杀了后，炖成汤，卖给路过的人，味道还香甜。大姐说，我见过他杀蛇，但不认识，可能是外乡人吧，家在大山深处，我家也在大山里，他的家比我的远很多，几乎不通公路，他们出来要走几个小时的山路，才能搭到汽车，到镇上来。她又说，我没有吃过他的蛇汤，我不敢吃。我说，没事的，没说你吃。她说，厕所已经快做完了，接下来，先做厨房还是客厅？

照顾她的人说（以后改称为我妹妹，为了方便。因为她是我妹妹，女性，喜欢历史，地理，京剧戏，修理家具，大约这么多）厕所做完了，先做客厅，再做厨房，一会要炒菜。整理房间的女人答应着。她回到厕所里。

　　只有改天出去找杀蛇的人了。我妹妹说，你只能劝说，不能强迫别人，你那个暴烈脾气，越说越激动，害怕打起来，我们打不赢他的，还不知道他有没有同伙。我说，真的啊，说不定他们就是从山里捉蛇出来卖的，而不是恰巧碰到一条蛇在路边上迷路，那咋个办，这是他们的生计了。我妹妹说，你不让他们杀蛇炖汤卖，那他们去做什么呢，估计什么都不会。我说，是的，他们不会做家务劳动，不会修楼房，我犹豫了，还去不去劝说。我妹妹说，不去了，管他们的，也许山里蛇太多，为生态平衡，需要捉一些来杀掉。我同意你的想法，不能因为我一个梦而断了别人的生计。那到此为止，我们不说杀蛇的人了，让他们自生自灭，从山里来回到山里去。我心里还是不实在，我的梦就这样化了么？对，你想化就化得掉，你是做梦人，你有这个权利。我念了几句咒语，呜呜呜呜呜呜呜，我说，化了。

　　我还有其他的梦，很多很多，都存在脑子里，你要不要听，她说不听了，我今天见过两个梦，你，妈妈。都神神秘秘的。以后你再讲来听。

我们现在做什么？我妹妹说，看看外面，出太阳了没。她再次跑到阳台的窗子边，脑袋伸出去，朝外面观察，我觉得无聊，跟着她一起朝窗子外面看，她说，出太阳了。玻璃窗反着太阳光，有点晃眼睛。其他楼房里的人出来活动，老人和小孩子多，大声喊叫。我妹妹说，那两个我们熟悉的老年人，又手牵着手走出来了。

我们，还有生病的妈妈，以前散步时经常碰到的一对老年人。她一直很羡慕，每次碰到都要站住说半天，互相夸奖，衣服好看啦，脸色好看啦，有福气啦，儿女怎样。她真心想和他们说话，年纪都差不多，他们说话时，我就朝前走一段路，活动脑袋身体，或看别的人的样子。路上人多，都在散步，早晚各一次，我早上不走路，她说空气特别好，可惜让你睡过了。我妹妹有时起来得了，陪她一起走路。他们说话时，我看老夫妻中的妻子并不是很开心，表情勉强应付她，也许她不愿意她和他们聊得太久，她只想他们老夫妻手牵手一起走路。我给她说，你们聊什么？那么久。她说，聊什么？儿女，病痛，还有钱，老年人钱多才好过。我也觉得钱很重要，以后碰到打个招呼就行，不要说那么久。她说，为何呢，我觉得都是老年人，很亲热。我妹妹说，等她嘛，只要她开心就好。我们牵着她又朝前走，路上人多，一条公路，大家都在上面走，要出镇，到山林里，这是必须走的公路之一，我们一直走到树林边或挨着大山处，才回头走。我妹妹说，山林里有城市来的人自己去采蘑菇，接山泉水。我说，我们不去，荆棘密布，害怕划伤，踩到蛇和其他动物。我们一次都没去，泡茶用超市买的矿泉水，吃菌子就到市场上去买。

太阳出来了，我妹妹说，以后，等她的病痊愈后，可以走路了，我们再去散步，和那些散步大军。我们现在，把衣服洗了吧。还有顶楼上晾晒的被单，她吩咐过，要重新洗。

13

我妹妹（之前称照顾她的人），她率先离开阳台窗户，我跟着她离开。楼下那一对老夫妻，早就走得不见人影，他们会走到大山边上吧，至少要走两个小时。我们从没走那么久过，不能走太远，她（生病的人，此后称为妈妈或母亲，依然是为了方便，我自己写时，理得清楚，不会她，她，她的，混淆起来）力气不够，我们最多走到湖边，或一个小山坡那里，就得回头走，不然她身体会出问题，走不拢家。这次生病就是累过头了，心脏用力过多，心力衰竭。

我们离开窗户，我去把其他房间的窗户全打开，让美好的阳光都照进来，房子里明亮得很。这是个好地方，下雨以后，很快天空就放晴了，太阳立马出来。我走到妈妈睡觉的房间，把窗子也全部打开，太阳光照在她的床上，被子上，大块大块的光，她的床头上也有一条长方形光斑。她睁开眼睛，我说你没睡着么，她说没睡，养了一会神。你睁开眼睛，眼前没有转动嘛，她说没有了，终于停止住，你不知道旋转是多么可怕，你不能控制脑袋，身体。觉得要转到无底深渊里。我说，你好起来就对了。刚才，我们看见你的好朋友夫妻又去散步了。好羡慕他们啊，身体好，老夫老妻。我说，你好了就可以找他们一起聊天散步。人总会生病的，不是这个病就是那个病，你肯定会好起来的。妈妈说，这倒是的，我这次整得有点凶了。她想起来解手，我说，还是躺着稳当，起来走动摇晃，很危险。我妹妹去拿了盆子来，放在她的身体下，我们扶着她，她费很大的力，才解出来。我们扶她躺下，用毛巾擦她的手。她说，解个手，太麻烦了，不安逸。我妹妹说，你要喝水么，她说要喝。她给她倒了一杯水，她缓慢喝下去，呕吐了后，她说，嘴里都是苦的。想再吃一块巧克力。我妹妹把杯子放回茶几上，又拿了一块巧克力给她，我一直在床前站着看。她的脸色红润有光泽，她把巧克力放到嘴里，她说，真好吃。

我给她说，太阳出来了，天气好，我们听你的吩咐，要去顶楼上把被单收回来，重新洗过，她说好的，你们去嘛，不用担心我。

我妹妹说，我一个人上去就可以，你把其他脏衣服，脏袜子，找出来，一起洗过，我说，我们一起去吧，顺便再抽一支烟，看看天空和远处的风景。

14

我们穿上外套，又整理头发，搽润肤霜，刚才一阵乱忙，估计都灰头土脸的。我妹妹把烟和打火机拿上，我说对，这个很重要。又去给妈妈说，我们上楼去了，有啥子问题，就大声呼喊，喊整理房间的大姐，一直喊，直到把她喊答应。她说，我知道，我没有痴呆。我妹妹又去给整理房间的女人说，请她关注一下病人，我们在顶楼，有啥子情况飞速跑上来。她说，要得，你们去吧。我们到门口，穿上皮鞋，皮鞋上有许多黄泥，外出走路沾上的，没来得及清理，经常是妈妈清理，择菜也是她择，她做得细致干净，不怕花时间，不管什么神，保佑她快点好起来吧，我这样想，自然双手合十。我妹妹说，你又走神了。我们从楼梯走上去，七楼上去就是楼顶了。

我们上到楼顶，我在前面，我妹妹在我后面跟着。我说，你以前是不是也是这样跟着我走，一直跟着，我不记得了，你在我面前晃。她说，哪个跟着你耍，你天天不言不语的，毫无乐趣。我自己好耍得很，我放牛，狗跟着我，我逮鱼，捉鸟，砍柴，日出日落，看冰霜雪雨，山洪暴发，和男生打架，把他打哭了，妈就打我，一打我就跑，快乐得很。我那时好同情你，天天挨打挨骂。我还同情你呢，傻乎乎的，话都说不来。我是不爱说话，有时还藏起来，藏得很深，都找不到我，一整天不见人。我感觉不是这个家里的人。你就是神奇，活宝。

　　顶楼上亮堂堂的。太阳把地面的雨水晒干得差不多了。我们站到房顶边沿，朝各个方向看。一栋一栋房子楼顶连着楼顶的，其他人家也晒了衣服，被子，有些没人来收，晾衣绳横起竖起。我妹妹说，先抽烟吧。她拿出烟盒，我们一人抽一支，打燃火。深深吸一口。先看中间的天空，仰头看，碧蓝，和深蓝，蓝得透透的，云比较稀疏，太阳不在正中间，斜在左边天空，眼睛不能直视，不然瞬间会被刺瞎。再看远处，正前方是镇子，白房子，黄房子，灰房子，有巨大的脚手架，还在修楼房，太远，看不到人活动。其他方向，看远了就是黑影，山。右手边，我们平时散步的方向，有村子，和湖。山林最多，长菌子，下雨后出太阳，菌子都呼啦啦长出来。我妹妹说，还要修很多很多房子，夏天，来度假的人太多了，有几十万吧。我说，这么小个镇子，突然来几十万人，吃喝住行，真不得了，路上都是人，人挨着人走路，感觉每个人笑眯眯的，平和谦虚。就像那昙花一现，等到天一不热就快速消失掉，房子和路都空起来，冷清得很。

我大喊了几句，对着远方，啊啊啊啊乱吼，好爽快，我妹妹没喊，她说太不好意思，微微笑了几下。我说，唱一段京剧，这个不野蛮，很正规的表演。她说唱不好。我说唱嘛，你唱得好。唱哪一段？随便你，唱你最熟悉的。她立刻就唱起来。粗嗓大门。我以为她要唱贵妃醉酒或锁麟囊。杨玉环醉酒，那，海岛冰轮初转腾，真是奢侈华丽娇憨。平时聚会，她和哥哥会哼唱一些，什么李胜素，张火丁，都是他们喜欢的青衣小旦，长得美。她唱了一段，停住，说唱不上去了。我说，你唱的什么？她说，老生，甘露寺唱段。我说，唱得好听。她说哥哥还要唱得好些，他可以当票友，以后你和哥哥还有安宝珍，可以虚一个班子了，我来敲锣。她说以后老了再说，现在忙得很。你也唱一曲，没听你唱过歌。我不会唱啊，左倾的，很左。我每次去 KTV，只喝酒吃豆腐干，听别人唱，鼓掌和叫好，偶尔选一首歌，大声武气地唱完，坐下继续喝酒，再不唱了。她说，吼一下嘛，又没其他人。我说好吧，唱给你听。我大声开唱。我唱的跑马溜溜的山上，一口气认真唱完，嗓音特大，直通通的。一听我唱，她就开笑，我唱完了，她还在笑。我说唱得难听嘛。她说，唱得好唱得好，真的好，每个人都听得到，连镇上玩乐的人都听到了，停住脚寻找，连天上的云都听见了。我说，哪里传得了那么高，那是蓝天白云呢，我个子这么矮。你声音洪亮。像在唱儿歌，全是平调，没有婉转起伏，你一平到底。我说我就是这样唱的，平平的，你笑安逸了吧，我很高兴，再唱一曲给你听。她说唱啥？唱"我失眠"。

"我失眠，我失眠，我夜晚失眠，白天也失眠，心口很难受，我爱金钱，我爱金钱，我天天都爱金钱，闪闪发亮的黄金，闪闪发亮的睡眠……"

你这个是谁唱的？王菲？不是的，王菲没有唱过。是安玩美唱的，唱给热爱金钱又失眠的安宝珍，祝她睡个好觉，得到自己喜欢的钱。我妹妹说，金钱和睡眠，安宝珍都会得到的。你唱出了民谣和摇滚山歌的混合味道。这次，天上的云肯定听到了，逃跑了，你看一丝都没有，天蓝如洗。

玩得差不多了，我们收被单吧。那边平台上，有人晒的红辣椒，菌子，野生药材，也没来收，可能人不在家，或回城里去了。我说，我们帮他们收拾了吧。收到哪里去？你家里。我妹妹说，那不就是小偷了，不收不收。太阳这么大，会晒干的。

　　我们一人拿一部分被子，床单，要朝下走。有几个人走上来，大人小孩，拿着帐篷之类的东西。我们互相微笑，避让到一边，就像来这里做客，谦让起来。我妹妹说，你们要搭帐篷吗？小孩子兴奋，大声说，就是，我们晚上就睡在帐篷里，看看星星和月亮，我有望远镜。大人说，家里人都来了，住不下。

　　　　15

　　他们选地点搭帐篷。小孩子跑到中间去，说搭在这里搭在这里。就是那个拿望远镜的男孩，只有一个孩子，他是很可爱的。大人说，有几个大人，老年人多。说话的应该是家里拿主意的，或男主人，买房子的人，男孩的父亲。就像现在我和我妈妈住在我妹妹的房子里，我是陪我妈来过夏天，她怕热，也怕冷，老年人啥子都怕，在这待久了，陌生小镇和每天兴奋地走来走去避暑的老年人，时间长一点我会厌烦，着急想离开。

男主人说中间不行，有水渍，潮湿，晚上万一吹风，帐篷被吹得咔咔响，会影响睡觉，四面漏风，又无靠山的，也很害怕。男孩不吭声，听了他的话，他依然是个可爱的男孩，举着望远镜朝天空看去。男主人选了一个地势较高，一面靠墙的地方，说，就搭在这里。我妹妹说，我们看一下他们怎么搭帐篷。她对这些修理，安装的事情感兴趣。我不想看，我一点都没兴趣。即使我亲自睡过帐篷，在纯粹野外，海拔四千米以上的山顶。我给她说，我报名参加过一个户外运动，到夹金山，从雅安进入。我特别买了一双骆驼牌登山鞋，只穿了那一回，太笨重了，爬山绝对好，脚不痛，也不潮湿。还买了冲锋衣，头套发套一起的，巨大的背包。我没背帐篷，那太重了，我背不动，新手被允许不背帐篷。其他人背得更多，锅碗瓢盆，炉灶，蔬菜，火腿肠。我背着巨大的背包，又长又高又宽，就像那些背包客背的那样。我们爬山，要爬到四千多米的山顶，我手脚并用，也不看其他人，没有多余的精力转动脑袋，爬自己的，贴着地面朝山顶爬，缺氧，张口呼吸，几乎窒息，哎哟哎喊叫，这样减轻胸口的难受，没办法，累死都不能停。爬到中途，有人如我一样，累不下去了，背包如巨石一样越来越重压在背上，感觉比这座山还重。领队说，有人需要援助不？这个声音真是如天使说话一样好听。立刻有一半人抬起头来，每个人头上顶着一块彩色的布，就是头套，把头发也一起捆着。要的要的，快累死了。领队把那些牵马的当地人喊来，他们正悠闲地走着，就等我们快要累死时求救。我们把背包放到马的背上去，一下感觉身轻如兔子，身体也直立起来，几乎可以跑着上山。仔细看那山也不多么漂亮俊秀，到处开着一种紫，粉，蓝紫混合色的小花朵，在这个镇子上，散步时我也看见过，开在路边和向阳的山坡。后来我知道这种花叫格桑花，高海拔地区，光照足，它就有，开很长时间。

爬上山顶，很平整，趁着天没黑，领队吩咐立刻搭帐篷，选择青草又深又密的地方。我啥都不会，菜鸟一个，就去打水，捡拾干树枝，晚上生火需要，干树枝也不好捡，因为山高，没啥树木，拾到一些荆棘，堆在那里。然后，他们煮饭，吃饭，生起篝火，玩了一会，唱歌，如藏族人一样，围着篝火跳舞，做游戏。十点钟，大家都到帐篷里呼呼大睡了。本来安排是男女分开的，我们帐篷里睡三个女人。第二天起来，冷得要命。洗脸时水刺骨。她们又做饭，还泡了茶，太好了，滚烫的茶水，喝下去，我不停地说谢谢谢谢谢谢。他们收起帐篷，我穿上羽绒服，才不那么冷，吃完早饭，领队清点人数，我又背起我的大背包，随人群下山。现在没有马来帮助我们，我不吭声，只管朝前走，不敢问还有多远，一直走，停下是毫无意义的，走到山下，没有累得虚脱。后来坐车，各自回家，那些人，我一个都不记得具体长的啥样子，只记得累坏了。

我说，只去了那一次，记得累得够狠。

我妹妹说，那你只能算睡过帐篷，没有搭过帐篷。我说，肯定没有，机械的没兴趣学。你也不算驴友。一点都不算。那你怎么联系上这些人的？肯定有人带你吧。是的，有个好朋友，劝说我去，给我报了名，交了钱。我也就默认了。我理论上对野外行动还是感兴趣的，我很想去藏区玩一下，从没有去过，西藏也没去过，向往得很。但是，我那个好朋友很不幸的，他得了重感冒，不能到高海拔的地区，那是要命的。他说，我也可以不去的，他和领队熟悉，退钱就是了。但是，我已经兴趣浓烈，说，没事的，我很想去。他不再阻止我。

我妹妹说，你们从雅安进入，那条线堵得很，有时一堵就是几个小时。我说，我们走得很早，领队经验丰富，还算顺利通过。

都没发生点什么？男男女女，在野外，那种组织，据说很自由的。我说，也不算乱来，即使有，也是你情我愿，过后各自分开互不打扰。我妹妹说，你也乱了？我觉得我没有，不记得有实际感觉，累得要死，只想倒下睡觉，再说我一个人都不认识，话都没怎样说，和谁乱来，必得有个过程，还有我因为缺氧，脸色嘴唇乌紫，头发蓬乱，愁眉苦脸，我自己都很不自在，哪个有胃口看得起我呢（此处绝对没有撒谎，也没隐瞒）？其他人呢？那些老队员，可能有互相有好感的结了对子吧。睡到半夜醒来，就开始寻找，约着看星星，生出一点浪漫的事情。据说，星大如斗，天空山岭很壮观，这也是那些驴友一次一次去野外的原因。可惜我睡得太死，当然也没人叫醒我。没有看到，可惜错过了，古代一样的天空，星大如斗。

我妹妹说，你还在高山顶上睡过帐篷，我从没在野外过过夜，我内心并不想那样，我胆子小，不喜欢刺激的事情，不像你，看起来老实本分，实际闷胆大。我没搭过帐篷，但我学得会，只要亲自看一下，我能完美地搭好一顶帐篷。看看他们会不会。

那家人把帐篷的零件放在地上。

16

那一家人把搭帐篷的材料从纸箱子里拿出来，堆在地上，三个老年人翻看，比画，议论着，把杆子和绳子放在一边，拿起篷布，扯开，篷布的颜色是鲜艳的黄绿，他们比画一阵，想把篷布撑起来，当然不行。老年男人最没耐心，又自负得很，他以为自己肯定能搭好帐篷，拿着杆子，试了两三次，还是搞不明白，就说，这东西做得不合理，应该有种一看就能搞明白的帐篷。两个老年女人说，你搞不来就不要抱怨生气，放开手让年轻人来整。他把杆子绳子放在地上，篷布一直都在地上，他根本撑不开。他给年轻人说，也就是男主人，可能是他的儿子或女婿，你来整吧，我们不行。年轻人说，里面有说明书，照着说明书一步一步来做，实在不行手机搜索怎样搭帐篷，有详细的介绍。老年男人说，那多麻烦，看说明书也困难，手机搜索出来几十条，更要把我整晕，我不管了，只好你一个人搭。他喊那两个老年女人，现在光线透明，我们去看云，我给你们两个照相。

他们就到房顶边沿，对着远山，镇子，天空，乱照。做着各种姿势，飞翔，笑脸，舞蹈，妖娆，等等，十分喜欢。

年轻人对着说明书来搭帐篷，小男孩也有兴趣，他想学习具体如何操作，可能是年轻男人的儿子，他才那么有耐心。他看一条就给小男孩说一条，让他在地上找，如杆子，绳子，帐钉之类。

我和我妹妹看着，老年人照相，又兴奋闹腾，以为发现了什么新的蓝天白云，那么几个经典动作，多看几眼就没兴趣，我们自己都会做。我对搭帐篷没兴趣，我妹妹有，她很想参与，甚至拿起手机搜索帐篷二字。但年轻男人和小孩没有求助于她。我说，看来他们搞得定，走吧，我们耽搁有点久了。她说，走嘛，很想看看他们搭好的帐篷是什么形状。我说，下午上来看，他们又不会拆掉，晚上要过夜。

我们没打招呼，他们各自都在忙，以后应该还会碰到，上下楼，在电梯里，在超市，在散步的路上。我们离开顶楼，下去两层，回家，走到门口，脱掉鞋子，进门后，我妹妹还说，我刚才搜索到，他们肯定买的圆顶形帐篷，又叫蒙古包式。采用双杆交叉支撑，拆装都方便，也是现在市面上最流行的。但是，我就不明白双杆交叉支撑具体撑开是什么样子的，还有内帐外帐之间，有多大的空间。我说，你真是迷进去了，下午去商城买一个回来，亲自搭装不就好了。她说，非常有理。搭装好了，我们也去顶楼露宿一晚，看看星空究竟有多么美。

17

我们进屋以后，我把手上的被单一起交给妹妹，她放到洗衣机里洗。她问我放不放消毒的水，我说不放了，本来洗过的，淋了雨，少加些洗衣液，清洗一下就行。她说开到哪一档好，我说快洗吧。你这时又没主见了。她说，笑，我的脑袋不思考这些小事情。你有大人物脑袋，当个平民百姓浪费了。她说，就是呀，我至少能做个研究家。

我说，在自己家里也可以做个研究家，研究地板，床，沙发，橱柜，温度，湿度，灰尘，等等。她说，自己家里没有动力。洗衣机声音很大，你可以研究一下。她说，使用久了，自然损耗，修理也没意思，白浪费钱，最简单的方法是买个新的。我说，好方法，新的好用又好看。

我去看妈妈，她睁大眼睛听我们说话呢。太阳照在她的床上，脸部白净柔和。我说，你好，妈，你的脸色粉白粉白的，如果给你的女儿一些就好了，我们就是美女。她笑了一下，开心的样子。我说，你的病已经好了。哪有那么快，病来如山倒，病去如抽丝，漫长得很。我说，你不一样的，不要听那些老早的废话，你相信好了它就会好。她又哼哼哼地笑。我说，你大笑嘛，张开嘴巴，像我这样，哈哈哈哈哈，大笑。我妹妹说，你又去逗她。我说，不是逗她，是让她大笑起来，病去得飞快。她听了我的，哈哈哈哈，大笑，没有我那么响亮，传到楼底下去，我希望传遍整个小镇，一起哈哈哈哈哈哈哈大笑，去除一种乌烟郁闷之气。我妈的笑声也传遍每个房间，把电视的声音盖住了。整理房间的女人也跑出来看，说，你们母女真好玩。我说，你也来大笑一遍，妹妹也来笑一遍。她们说，不和你一起张狂发疯。我说，笑嘛，真的爽。妈妈也说，笑过后，很爽快。她们听老太太都说了，各自大笑起来，笑的时候，脸朝天花板，眼睛睁开，都笑得响亮。整理房间的女人，声音特别洪亮，好像在大山里，一遍一遍传开，一座山一座山传，最后传到我们的老家去了，中间没有海，戈壁沙漠阻挡，肯定能传到我们老家去的，山连着山，好遗憾，我们没有在那里生活了，我们在这个完全陌生的小镇里大笑，我第一次来，这里大山更多。我和病人受感染，忍不住再次大笑。我妹妹说，眼泪都笑出来了。我妈妈眼泪也笑出来了。整理房间的女人没有，也许在我们大笑间隙，她把眼泪擦掉了，怕我们看见。我妹妹说，这下，才真的传遍镇子，传到大山里去。说不定有人在骂我们发什么狂。我说，骂就骂吧，我邀请他们一起来狂笑。整理房间的女人说，这样不是就惹大麻烦？我说，不会的，你刚才不是笑得很开心？我妹妹跑到阳台上朝楼下看，有人在关注我们没有。我说怎样？她说，没有人知道我们在笑，楼下的声音更大。一个小孩子哭得声嘶力竭，一个老年人在哄他，没有哄住。哭声比我们的笑声大得多。

我说，我们再来一次，对着楼下大笑，把那个小孩子镇住。我妈妈同意，她说，我是想帮助老年人，小孩子横起来太难侍候了。我妹妹和整理房间的女人不干，她们说，这也太疯了，会影响其他人，说不定惊动物管或警察，告我们扰民。我说，那我们不做这个行为艺术了，放过那个小孩。

我们从妈妈的身边散去，到各个房间。整理房间的女人说，我要做客厅的卫生了。我妹妹说，你做嘛，我们到别的房间玩。

我说，搜索一下要洗的东西。我们寻找。我说，凉被洗不洗，用过几次，还有几件外套，加冷的，我妹妹说，不洗不洗，再等一段时间，一起收拾。我们主要把妈妈换下的衣服，内衣和外套洗了，还有脏袜子。我们在床底下，柜子里寻找，我妹妹找到一个银手镯，一本历史书，写皇帝的。她说，这银手镯全变黑了，我以为遗失在外面，后悔不已，却一直在自己家里，悄悄变黑。真是意外之喜。用牙膏擦拭，会变回来。她说要得。把牙膏抹在手镯上，我说多抹点。她挤了一大截，双手擦拭，走来走去，为了让开整理房间的女人。她把饭桌，沙发，茶几，一个一个移动，我没事情做，问她需要帮忙不，她说不需要，我一个人还要方便些。我就跟在妹妹旁边，指挥她怎样擦拭银子才会更亮。

18

银镯子，擦拭过的部分变白了，我跟在她的身边，指挥她如何擦得更亮。我亲自做过，我也有一个银手镯，银耳环，银筷子，或几个，有些是藏银，黑和灰黑和银白相间，藏银戴久了要断裂，脆性大，不是真正的银子，所以叫藏银，有些还镶嵌玛瑙绿松石南红等等，一般也不是真货，这些都失掉了。那个真格的银镯子呢，也失掉过，找到，又失掉，又找到。它总在一个意外的时间和地点被找到，如某天，我突然看不得家里的灰尘污垢，烦躁不安，必须做点事情，我清理书桌，书架，抽屉，地板，乱七八糟的东西多不胜数。各样充电器，旧手机，收据，发票，老照片，纽扣，早就过期发黄的感冒药片，胃药，保健品，装饰戒指，耳环，多种样式的发夹，针，线，有时急需找疯了都找不到，结果，它就在那里待着，在你的眼皮底下，安静地，也许还活动着，为了显示给你看。有些我看到了，表示惊喜，有些错过，永远没找到，我的银手镯，也是这样，反反复复失去，找到，失去，得到，又是几年没看到了，也许会永远消失，我的记性变得一天比一天差。

我妹妹使劲擦拭镯子，她说力量越大，镯子就越亮。我说，不是这样的，你用一般的力就可以了，多用点牙膏，反复擦拭，如果有那种专用砂纸，效果最好。你说废话，现在哪里去找砂纸。她两个手指有节奏地擦拭镯子，边走边擦，面带笑容，我说你是不亦乐乎。她说，你擦拭过后，镯子就由黑脏变明亮干净了，和银子一样漂亮，当然就快乐哦。我说，还要牙膏不？整点来嘛。我也跟着愉快，我挤了一大截牙膏在她的手上，她说多了。不多不多，再擦亮些，比银镯子还亮。她说，你说的不像话，银镯子本身就是银镯子的亮度，我要是擦拭得比银镯子还亮，那就不是真的银子，加了其他东西，锡金。我说，主要是乐晕了，打个比方。我问她，你这个镯子是买银子找银匠打的，还是在商场里买的成品？她说当然在商场里买的，哪里去买得到银块？我说，我那个已经找不到的镯子，就是买银块打的。你在什么地方买的？我邻居，特别爱喝酒的，他的爱人在纸币厂工作，说是能买到银子，开始我以为他喝酒喝多了，胡乱说的。但我每次看见他，他都这样说，他爱人在纸币厂工作，能买到金子银子，问我要不，我开始说不要。他说超过六次，我就相信了，我还看见他爱人自己手腕戴了几个。我发现我周围的其他邻居也完全相信了，不问缘由，几乎人人买过，他又认识银匠，一起喊他打好了给我们。我买了一百克，打两个手镯，一只给妈妈，她还戴在手上，你可以去看她手腕。我们又走到妈妈的房间，她伸出手腕，说，是真的银子。我妹妹仔细观察，也说，看成色是真的银子，邻居没骗你们。关键是，纸币厂的银子，她哪里买得出来卖给你们呢，允许么？我说，纸币厂总有人在做这个生意，你要买金子也有。我妹妹说，第一次听说这种事情。也许你邻居编造了一个卖金银的说法，他的爱人确实在纸币厂工作，而银子金子是另有来源。你说得也有道理，因为，我们一直相信他说的，从没去追究过原因，我们周围的女人，几乎人手戴一个，戴几个。不管他了，买都买了，又是真的银子，做工样式简单粗糙了些。她把她的手镯擦拭完整，和新的一样。她说，你帮我拿着，我去洗手。我先戴一下，我把手镯戴在手腕上，有点小。我说，不如我那只沉重。我妹妹洗完手过来，我把手镯给她，她戴上去，正好，高兴浑了，她说，比新的还新，又和妈妈手腕上的那只对比，你看，我的做工是要精细得多。妈妈不说话，她不做评判。我说，差不多。她说，不能比，我的要精细些，价格都不一样。你在商场里买，当然贵许多，这样费那样费加起来。我妹妹说，不管其他，你必须承认我的就是要美丽些。妈妈只好将就她，说，是你的手腕比我的手镯更漂亮，更美丽，这样好了吧。我说，她在耍横。我喊整理房间的大姐来评判。她说我忙得很，你们总耽搁我，做完了，下午还要去跳舞。我说你来看看嘛，耽误不了几分钟。她只好也到妈妈的房间，三个人挤成一堆。她看了两只手镯，判断说，都是好银子，做工嘛，妹妹的确实精细得多，还有刻花。妹妹瞬间笑开。大姐伸出她的手腕，说，你们看看我的手镯怎么样？我们三个都去看她的手镯，有三只，圆棍形的，乳白色。我妈妈说，你的手镯才是真的好货。我妹妹立刻不笑了，说，我们的镯子跟你的完全没法比试，简直就是破铜烂铁，好羞愧。我说我也是这样想的。

我妈妈说，你的手镯是老货了，做工太好。大姐说，是结婚时，父母给的嫁妆，只有这些，再无别的家私。因为一直生活在大山里，不通外界，也就没有失去。

妈妈说，好东西，宝贵，你要保存仔细，不要随便卖了。大姐答应着，说她一直很小心，她自己也喜欢得舍不得失去。她又去继续做清洁。

我妹妹说，小声地，我刚才还卑鄙地想，把她的银手镯买下来，占为己有，她肯定不会干，那是人家的传家宝。她的银手镯确实把我们震惊到了。

我问妈妈，你有过什么传家宝没有？她说，以前结婚，再穷的人家，也会给女儿一对银手镯。有钱的人，大地主，保长，族长，就给女儿全套金银首饰。你的银手镯？她说，也很漂亮，还有一套银项链，精细刻花，早就一起弄丢了，或卖了换吃的。我妹妹说，可惜。她又开朗地说，丢了就丢了吧，人还在就好。我说，你的那本历史书，还在地上躺着，要不要擦拭干净，内容都是讲皇帝的么？妹妹说，如果你想读，把它清理干净，你不想读，就算了，扔了吧。那些过去的王朝，皇帝，后宫，恩怨，阴谋，知识，就那么回事。我说，我不想读，我不喜欢历史，这个皇帝那个皇帝，我要整混，听你讲更直接，容易记住，你多看点，我们还可以争论。她说，历史都要消失的，自动消失，它终究毫无意义。

19

不要妄想会名留青史，或青史留名。那都是妄想，我妹妹说。我觉得她的说法很幼稚，她说虽然幼稚，是我真实的想法，不是引用别人说的。过去嘛，很多很多年，交通不畅，信息闭塞，缓慢，人都不能遥远地走动和交流，一切变化过程漫长，很漫长，直到现在，突然一个飞跃，突然翻天覆地，人人都可以讨论宇宙，好像银河系，外太空，凡人一眼就能看穿。一切都明显起来，摆在台面上，躲都躲不开，你在家里打个喷嚏，喝杯茶，你家的是公猫还是母猫，土狗还是牧羊犬，或你心情好坏，单身，恋爱，你的全部才能，你的朋友和非朋友都会知道。因为你自己说出去的，有图片有语言，日期，你是躲藏不了的，也没法躲藏，一切飞速更替，历史会消失，只剩一个一个的超级瞬间，人们根本没时间去翻找过去的信息。那些隐士呢，比如，终南山上的，或峨眉山上的，等等。哈哈，他们大多数不过是生活在那里，图新鲜，一时逃避失恋，失势的痛苦。真正的隐士他是隐不住的，总会被发现，也随时期待被发现，因为他做隐士就是有企图，到底会被追赶，照相，宣传，而为大众知道，我们不是就知道了么？我妹妹一说到这些历史文化，就很激动，认为是她的新发现，她说，连我这个想法也很快会消失，出现新的观点。不知道未来会怎样，觉得有什么力量在参与人类的运行（外星人？不止）。人，看起来一切都可控制，实际上很茫然，从权贵到平民百姓，发生的，真是莫名其妙就发生了，接受了，必须接受了。简直不能想象，想起可怕，悲观。过一个瞬间是一个瞬间吧。我说，你想多了，太宿命论，人还是很厉害的，天天乐在其中，也有激情和理想。她说，是的，我又不反对这些，人不乐在其中，又能乐到哪里去？翻天是个好说法，人就是想翻天，人存在的那一瞬，天在头上压着，就想翻上去，超过天，肯定会做到的，而且是正在进行时。激情和理想，也是对的，必须，是人的先天性里就有的，一切都可以啊，恋爱结婚，挣钱，对，钱很重要，成佛成圣都没问题。她说，我是一个迷信主义者。

不说这些废话了，毫无意义的想法，并不新鲜。我问她，人类会不会消失呢？作为人的个体。不完全会，而是会与别的种类合作，合并，包括身体和生活方式。啊，这也太吓人了。想到我和一个未知东西合用我的身体思维，真的恐怖。我妹妹说，会习惯的，你都不会反应过来，你觉得你还是你，人的样子可能有些改变，或许成为昆虫或猫头鹰的模样。我说，不谈这个了，真的觉得悲哀。她说悲哀也没有用处。我问她，这个瞬间我们干什么？享受。具体享受什么？她说，抽支烟，喝茶，吃一块巧克力，苹果，梨子。她询问妈妈要喝水吗，吃苹果吗。她又请做家务的大姐吃巧克力，肯定饿了。大姐没推辞，她吃了一块。她说，你们好有文化，说的东西，我一点都听不懂。我妹妹说，不是文化，我们也没文化，和你一样生长在乡村。大姐说，还是比我懂得多。懂得多更没用，只会瞎想胡说，增加烦恼，失眠焦虑。大姐说，失眠确实不好，整天昏咚咚的。我妈妈就失眠，晚上不睡，满山遍野跑，停不下来，她说一停住，脑子就响，心慌，跑累了，还可以睡着几个小时。都不怕毒蛇野猪么？悬崖绝壁。她说不怕，失眠的痛苦让她啥子都不顾忌。我妈妈问，现在呢，她怎样了，还跑得动啊？疾病，她总是要关心，她正生着病。大姐说，不是路修好了么？交通方便，送她到医院治疗，吃药，睡得着了，但人变笨了。我妈妈说，她也吃了一块巧克力，只要不晚上到处跑就好，年纪大，气力不够，害怕摔倒。大姐说，她天天在家里，吃，睡，坐，看住房子。

我妹妹说，吃药的缘故，人安全就好。大姐说，是的，有个守房子的人也好。我们山里很多家人都跑光了，房子空着，歪斜腐烂。

我们站在阳台上抽烟，客厅在打扫，不想给大姐障碍。有时去客厅倒水喝。我说，被单洗好了吧，我去看看。洗衣机果然停止转动，我把干净被单拿出来，放进脏的衣服，开始洗。我说，脏袜子只好单独手洗。我妹妹说，她正朝阳台下看，太阳照耀着她，和她手腕上的银镯子，果然亮闪闪，好看得很。楼下汽车都停满了，避暑的人该来的都来了。镇上的宾馆，饭店，商店都挤满了人。还有公路两边，种有玉米，豆角，南瓜，青菜，开着红花，白花，紫色的花。村子里的农家乐也住满了人，我们走路时，看见他们围坐在一张大圆桌旁，十人凑一桌，喝酒，吃饭，聊天，还有点羡慕。我问，大姐你们没整农家乐吗？她说，家在大山里边，离镇子很远，只好出来打工。

我妹妹说，我们又要把被单拿到顶楼上晾出来，太阳大，今天就会晒干。我也想看看那家人把帐篷搭起来没有。我说，你还念着搭帐篷的事情。她说是的。有很多人，开车来镇上度周末，避暑，也不住店，就在树林子里挂起吊床，车停在公路两边。

20

一家人，大人，小孩，老人，在正夏天，周五开车来，有些是大房车（四处玩乐），把车停在公路边，走进树林里，百年老树，也许几百年，树干笔直，杉树最多，水杉和红豆杉，还有松柏。地上没有多少杂草荆棘，可能已被清除干净。我，妹妹，妈妈，走路时看见他们，我们立在公路边上，先看房车，近距离看一辆房车，它还是很壮观的，有很多铁杠，棱角分明，四个巨大的轮胎，我们只能观望外面，车里面看不到。我妹妹说，房车大多是改装车，也有专门生产房车的。我们弯腰朝树林里面看，没有走进去。莫名地有种抗拒。树林里光线还可以，太阳从顶上穿透进去，一大块一大块的光斑，看得见有许多吊床，拴在树与树之间，地上有帐篷，各种颜色。小孩子躺在吊床上，喧闹，大人坐在石头上，仰头顺着树干朝天上看，或沉默地朝外面看（公路这边，最近，另一边是望不到头的树林）。因为树林里比较阴凉，暗，人在里面也让人感觉阴郁，他们身处其中可能不觉得。我妈妈说，不要朝里面看了，他们在看我们，这样不好。我说，没有什么不好的，我们看他们，自然是好奇。他们向这边看，不一定是注意到我们，不过是脸朝这个方向，这边有他们的车子，害怕车子被碰到了。我妈妈说，还是不要看了，朝前面走，走到桥那里，折回来，我又走得慢。我妹妹说好吧。我们朝前走，树林顺着公路延绵下去，但我们不再对露营的人好奇。我拍了许多相片，岩石，树林，苔藓，天，太阳。随意乱拍。拍到了一个陌生女孩，走路的人太多，人挨人，她的姿势和容颜，我拉近了看，又给我妹妹看，我说，太美了，算得上绝世美颜。我妹妹说，应该没整过容，四大美女也不过如此了，也许这女孩还要美一些。好羡慕啊，我们从来就没有这个机会，长得好看，做个美女，她运气真好。我也说，运气好。我妹妹有点兴奋了，跳跃式地走路，她跳上路边的岩石，又跳下来，再跳上去，跳下来，我说，你也不差，聪明过人。她哈哈哈地笑，要让我重新选，我情愿当个大美女，什么都不想，什么都不做，就成功了一大半，立于先机。我说，你没听说红颜薄命么？那是理论上说的，编造出来的谎言，哄骗这些怨女痴男。如今有几个是红颜薄命了，除非太白痴，乱折腾，不想好好活命的。我们走到桥那里，树林终段。同时有许多人站立着朝远处看。桥下并没有水，只是一条峡谷，斜坡，一边通到镇上，一边到远处就是山。斜坡上，当地人种上玉米，豆角，红薯，开着各色的花。可以看到一栋黄白相间的房子，我说，那栋房子很好看，静静的在峡谷里，是当地人修的吧。我妹妹说，不是住家的房子，谁会修在峡谷里，一般都修在高处，向阳的地方，我猜，那是镇上的垃圾站。我说，你猜测得有理。坡上也开了许多格桑花，很艳丽，把其他的花都比下去了。我说，山在近处看都是绿油油的，或色彩斑斓，为何到远处看起来都是黑的，黛黑色？妹妹说，没研究过，也许山本来就是黑和黛色，搜索一下手机，有解释。我说，现在不搜索，不想去找出原因和结果，要搜索的太多了，我只是看到远处黑的山峰，随便问问。

在桥上，我给她们一人照了一张相，背景是远山，蓝天白云，一株格桑花。我们朝原路回去。我妹妹又跳跃着走，我也跟着跳跃，我发现其他人也在跳跃着，这是很鼓舞人的走路方法，情绪高涨。我们又看见树林了，忍不住再次朝里面看，我说，走进去看看？妈妈和妹妹立刻反对，不去不去。我一点都没坚持，我也不是十分想去，阴森森的。我妈妈说，有两个人搂抱在一起坐着，像什么话？孩子就在旁边。管他们的吧，我妹妹说，他们太年轻，情不自禁。也许是石头太小，坐不下两个人，只好抱在一起。妈妈说，旁边不是有很多石头么？可他们不想分开坐。我说，是有点不像话，林子里有很多小孩子。

我们横穿公路，走到另一边，朝镇子那面。不再有树林。公路上，巨大的卡车开过，有十二个轮子。我妹妹说，最大的卡车有多少轮子，二十四个？不知道嘛。晚上在林子里过夜，黢黑，还是很害怕的。他们应该有照明设备，有许多家人，晚上，他们可以喝酒聊天唱歌跳舞到天亮。喝酒聊天可以，唱歌跳舞太扰人了，把自己也扰着。

我妹妹又说，夜里有没有鬼出来，吓他们？我看到有几个坟包，埋葬的是当地人的祖先吧。我说，可能没有多少鬼，现在人气太重了，鬼不敢出来活动。你总是想到鬼，可能鬼很爱你。她说，没办法，刻印太深。也没看见庙宇之类的，这个地方偏远，土家族居多，其次是苗族，汉族，独龙族……我手机搜索的。有没有人来建一个庙，整些香火，供奉佛菩萨，或建一个道观，土地庙？都没有。如果他们不信这些，那他们信什么？

21

这里山高，人少，地势比较贫瘠险恶。那些庙宇，道观，自古以来都选在最清幽肥美之山势，要风水绝佳，或庙宇建成之后，经过长久的供奉，佛法僧熏陶，庙宇所在之地变得风水绝佳。这是我观察以后，我自己认为是这样。妹妹又妄议一通。那么这里人信什么？我妹妹说，信巫术，蛊之类吧，书上有写的。还有信女娲，为何呢？这里有一个大石堡，据说一块大石头落在那里，悬着，欲倒没倒的，当地人把它作为一个景点开放。所以，我认为他们应该信女娲。我说，你猜测的吧？我妹妹说，是的，女娲用石头补天，完全可能落下来一个，或多出来一个，落在大石堡，发现一个奇石，他们或许就崇拜了，做成景点。我们哪天也去游走玩耍一番。他们可以给女娲修一个房子，供奉。这是你的想法，他们不讲究这个，这个石头，作为景观，可能是汉族人搞出来的，与当地土家族人没啥关系。也有理，可是这里各种民族居住，完全无关联，说不过去啊。

　　也可能这里孤魂野鬼极少，因无大的战争发生，瘟疫和地震不知道有没出现过。环境险恶，生活艰难，所以不需要任何形式的漫长的说教，巫术来得简单快捷，巫师同时兼做医生，他们会用植物，动物脊骨做药，最多的用途是止痛安眠。又是你猜测的？是的，但是有根据。你可以去问整理房间的大姐，她祖祖辈辈生长于此，知道得比我多。我说，不问，你说的这些她也不见得知道，何况，你都是乱猜测，想当然地认为。实际上，这里，很早以前就有佛教，道教，上帝，传授进来，他们也受了影响的。这里的人信奉多神教，各种神，土地，灶神，火神，狩猎神，出门神，进门神，多得很，也会请巫师给亡魂超度，只是没有修建一个壮观的庙宇，神太多了，修不完。我刚才搜索到的。我妹妹说，你搜索你的，那些不见得就是真理，更暗一层的没有人知道，这个暗不是黑暗的意思，相当于暗网的暗，我们从没见过，任何时代都有暗网。既然我们在此地居住，大约了解一下，依据我自己具体生活后的感受，虚构议论一番，说出自己的看法，总是可以的吧，不要轻易来指责。我说大约可以，你的说法也很有意思，奇形怪状，我喜欢听，别人不一定认同。我不想要别人的认同，又不像科学实验，搭帐篷，修房子那么精确。风俗，信仰，兴趣是可以根据需求变化的，看人的心理变化和时刻处境。比如，这个时候，我们两人说说，愉快，混时间。过后，换个时间地方，不在这里了，我又是另一种说法，这叫虚说。

就像我们说的鬼魂，有真实的感受，我们同时认可？我说是的，我们小时候亲自感受到，并被伤害了，生病，失眠，困苦不堪。我们认为是真实发生了的，别人可不这样想，他们会说，这两个人整天臆想出来，迷信，胡说八道。不然，抓一个鬼放在我面前看看。我说，我们确实抓不到一个鬼，它是滑溜溜的，也可以说是一种精神上的东西，或一股怨气，有时也有形状，如人一样，如牛一样。

我们抓不住，就算你抓住了放在他的房间里，他也不会承认，他说，这根本不是鬼，这是一个女人。我们议论我们的，为何要让人相信什么呢？妄议也是有意思的事情，我们也可以选择不相信其他的事情。

我们再次走上楼顶，去晾晒被单。途中说了这些语言。我说，我们上个星期，走路时，看见路边有烧的纸钱灰，当地人还是信鬼神的。妹妹说，这不是当地人烧的，是来度假的汉族人，给遥远的亡魂烧的，正是七月半，各种孤魂野鬼都可以享受到，狂欢，包括地狱里的鬼，相当于活着的人给所有死去的人做的一次慈善，每年一次，七月十五日前后有效。我有空时，也会买些冥币，在路边的角落，烧一次，嘴里还念念有词，就那些话语，大家都说的，这些纸币，金币银币拿去花，每个鬼都可以来拿走，首先给自己死去的亲人，其次才是陌生的。想怎么花就怎么花，赌博啊，喝酒，开店，买房子，结婚，旅行，和人间一样的。然后就是提要求了，保佑家宅平安，身体康健，儿女学业事业有成，多挣钱，买房买地，事情都是一样的，那一天真是阴阳同乐。不知道有没有人求个理想什么。经常地，我太忙碌，都要忘记，看见路边绿化地到处都是灰烬，只好对着虚空念几句咒语来弥补，对不起对不起。心诚就可以了，我妹妹说。当地人不会这样做，我看街上商店没有一个卖这些东西（香蜡钱纸）。

楼梯每天打扫得很干净，没有落下渣滓，我妹妹说，物管还是很好的，一个电话，还可以帮忙买东西，推荐这个大姐整理房子，吸引外地人来投资买房，消费，细节当然要做好。房子修得太多，这个镇子比有些县城还大。

22

昨天睡觉之前，我想到要写，我和我妹妹去晾晒被单，走两层楼梯，边走边山南海北地讨论，她说得多，我听和假意提问，我们再次上到顶楼，有个小门，推开，发现上面已经立满了人。我做了许多相关的梦，从高处向低处看，反复找电梯，台阶，照顾一个小孩，他又脏又臭，手拿一个布口袋，里面有他和他妈妈的衣服，也是又脏又臭，他还傲慢，不说话，他怎样消失的，是我主动离开那个客栈，让他个人住下，我走上另一个客栈的楼梯。梦是一个接一个地做下去。

那么一会儿时间，雨过天晴，出大太阳，可以说晴空十万里，楼顶的人突然多起来，每栋房子的楼顶都是一样的情形，小块小块活动的人，地上还有阴影。我们走上去，并没有引起哪个人回头，他们在干什么呢，晾晒被单，毛巾，衣服，红辣椒，中草药，各种野生菌子，地上被占领完毕，都被太阳照耀。空中的晾衣绳，还剩两根，我们也不说话，赶快抢占一根最长的，把被单展开，一人拿着一方，用力抖动起来，抖得十分平整了，晾在绳子上，又理了理，十分满意，我们都笑了，感觉愉快。再看其他人，其他楼房顶上的人，行为都差不多，晒被单，晒地上的东西，晒自己的身体。站在楼顶边沿，朝天上，朝远处看，朝楼下看，拍照，大声呼喊，没有人唱歌，是不好意思么？镇子在西南方向，他们也在谈论这个地方的风俗。和我们一样吧，买个房子，第一次来住，新鲜又好奇。两个男女，六十多岁，他们个子比较矮，必须踮起脚尖才能看到远方，他们谈论，这个镇子比有些县城还大，修了好多楼房，宾馆，客栈，还不说镇子外，接近山里，当地人自己修建的农家乐，做生意，他们说，继续修下去，如果占领土地太多，山和树林没有了，失去它本来的风土人情，不安逸，全国好多地方都是如此，修建修建修建，破坏太厉害，政府应该控制一下。我们听他们说话，那女的朝楼下看，她穿了一身中老年女装，大红大绿大花，幸好头发是黑黑的直发。她说，站在高楼的边边上，朝下看，有跳下去的冲动。男的说，别看了，我们站到中间去，我给你照一张相。我妹妹说，我和她一样，也有这样想跳下去的兴奋感。很多人都有吧，害怕又兴奋。

楼顶上很多人，有年轻人，老年人，小孩子，婴儿。年轻人穿极短极短的短裤，屁股都露出来了，真凉快，夏天来避暑。也必须有情侣。

我妹妹，早就看到她关心的帐篷了。它已经搭好，不需要她出什么主意。她站在帐篷旁边，围着帐篷走动一圈，看清楚它的细节。人很多，帐篷的黄绿色，还是很打眼的，我妹妹说，它看起来好小，也很规整。里面还有枕头。我说，你想到的帐篷是电视里看到的蒙古包那种形式的吧。她说，是的，固定印象。她弯腰从帐门朝里面看，阳光透进去，明亮。她说，可以睡两个人，一个大人和一个小孩。睡两个大人也没问题。她想摸摸，看固定得牢靠不，晚上吹风下雨，和打雷电，如果固定不稳，就太不妙了。我说，碰上这种情况你敢不敢在外面睡在帐篷里？妹妹说，不敢，胆子小。我说，我也不敢。至于帐篷的主人们，就在旁边，男孩子躺进去打滚。

帐篷也看好了，我们准备下楼去，又瞥见一把椅子上坐着一个人，她在低头看书，不顾周围人的喧闹，当然，太阳也照着她。她旁边的椅子上，也坐着一个人，闭着眼睛，脸朝天。我妹妹说，看书的人吸引了我，不管怎样，我要去看看她读的什么书。她走到椅子边上，我跟在她后面。一本很大开本的书。她直接问女人，你读的什么书？那女的抬起头来，把书递给我妹妹，我妹妹看书的名字——《精神病学》。她把书翻了几下，动作幅度很大，又递给女人，那女的立刻低头读起来，不说多的话语。我们只好离开，正式下楼，我妹妹说，她为何要读一本精神病学的书？好奇，是学这个专业的，还是家里人有这个病，需要研究一下？

都可能吧，或许她自己有精神疾病，你没发现她戴着一副墨镜？我妹妹说，没有发现，我只想看她读的书，现在读书的人好少。要是有人读一本诗集，读当今人写的，边缘人，不是古代的人，那不是更奇特，谁读这样的诗呢？

我妹妹又问，你觉得楼顶上有多少对情侣？没注意，夫妻算情侣么？她说肯定算嘛。我说那多了，来这里度假的都是以家庭为单位，老夫妻，年轻夫妻，加孩子。单身的很少。

她静止一下说，大约有二十三对情侣，加上二十三个孩子，是三十五个孩子，再加上单独的比如像你这样，楼顶上至少有一百五十五人。我说，你在默算。来这里的人都很怕热么？她说，怕。她自己不是那么怕热，我说我也不怕热。妈妈害怕，她心里有一团火焰，一到夏天，她就恼火得很，着急要坐火车来度假，和那些老年人会合，一起嗨。

我说，我昨天又做了些奇怪的梦，你要不要听？她说，可听可不听。

23

那我就说了。从哪里开始讲呢？最早的可以么？我妹妹说，最早有好早？我说我们几岁的时候，睡在一张床上，有床架，有隔板，挂着蚊帐的那种床，我那个时间做的有些梦还记得到。也太早了，你记着干什么，赶快忘记。可是，我忘记不了。那你梦到啥？是慈善鬼么？我说不是，我从来不在梦里见到鬼。我们在走下楼梯回家，我妹妹说，糟糕，刚才避让一群人，他们上楼梯，人多，急急匆匆的行为，我的膝盖大幅度扭动了一下，很不舒服，感觉使不上力。我说要不我扶着你下去？她说好，我手搭着你肩背就行。我在前面行，她在后面跟着，我说，你扭伤的膝盖可以不用力。她说我晓得。那群人也是到楼顶看镇上风光的吧，天气好，看得清晰。

继续讲你的梦吧。还是说最早的那个？没啥意思哦，很无聊的梦。你说嘛，我可能不会很专心地听，我注意力都在我的膝盖上面，怕再次扭到，难以恢复正常了。那我就开始说了。你这种口气，和妈妈讲什么的时候一样。遗传，我刚才快速复制她了。

我梦到，我们才几岁，我六岁多，你四岁半，我们睡在一张床上，冬天，大地在下雪，样样事物都罩在雪里，最遥远的地方也在下雪，牛没睡觉，猫没睡觉，狗睡了。牛站立着，大眼睛张开，不知道看到了什么，也许看到了苍蝇。嘴巴一直在咀嚼食物，完全没有吃的，它把胃里的食物返回来，再次咀嚼，咀嚼完毕，又把胃里的食物返回咀嚼，就这样循环，直到天亮，它被带去地里工作。我妹妹说，我以为它会这样咀嚼一辈子。不可能，要喂它吃新的食物。我们睡的被窝暖和，很暖和，一点不想动，只要动一下，寒风就从一个极其小的缝隙钻进来。我们都没动一丝一毫，也许睡得太死。我梦到你遗尿了，而你并没有醒来。然后，我梦到山洪暴发，我们在水上漂流，洪水把我们抬起来了，抬得高高的，我们没有分散。然后，我也把尿拉在床上，我感到很羞耻，羞耻感至今还在，我不愿意醒来。不知道过了多少时间，你终于比我先醒，一摸，床全部打湿了，紧跟着你，我也醒来，衣服裤子泡在水中，冰冷，觉得你在哭。雪并没有停下，下出声音来了，像酷酷酷酷这种感觉。我妹妹说，我们醒后，又干了什么？极其冷吧，冷得上下牙齿打抖，站立不稳，也不能睡觉了。

我说，不记得后面的，不能冷死，找干净衣服换，把床单被褥全换过，总之，做了很多事情，不停地做到天亮。停下来就冷，还扫地，喂牛吃草，生火做早饭，我们把手伸到火尖上烤，烤得通红，火真温暖，温暖的火，超级温暖的火，到处都燃烧起一堆一堆的火把我们包围在火的中间，不冷了，雪也可以随便下。

我们又走到家了，脱掉鞋子，进屋。妹妹坐到沙发上，马上揉她的膝盖，沙发歪在一边，茶桌歪在一边，整理房间的女人把家具都拖开，旮旯角落都要打扫干净，她把电视插座也扯掉，她说，上面有好多污垢。我妹说，你做得好，我现在可以开电视么？她说可以啊。我妹妹打开电视。她揉膝盖，说，我们水漫金山后，挨打没有？我说那次没有，因为冷得发紫，她还是下不了手。

她（妈妈）喊叫，你们去了那么久，都干些什么？我说，顶楼上，有很多人，特别热闹，都在晒东西，看风景。等你快点好了，也带你上去玩，有一家人搭起帐篷。她说，有床，睡帐篷干啥？家人都来了，住不下。她说，飞进来一只蜜蜂，围着我转，就在眼前耳朵附近，我不停转动脑袋，它才碰不到我，飞走一下又来。你看，飞过来了，我讨厌它的嗡嗡嗡嗡声，一点也不可爱。来把它打走。我说好。我挥手去赶蜜蜂，风力不强，它在她周围盘旋，我妹妹说，拿个大东西舞动，毛巾衣服都可以。我拿起她床头一块毛巾，用力挥舞起来，嘴里还说，出去出去出去，妈妈也说，出去出去，滚出去，这里没有花蜜。蜜蜂乱飞一阵，飞到天花板上，又撞到玻璃窗上，有点混乱。我一直挥舞毛巾，我把它朝窗子开着的方向赶，它终于飞出去了。我妹妹一直盯着我们追赶和吆喝蜜蜂，她说，这里的人养蜜蜂，大姐说，是我们的特产，都是土蜂蜜。妹妹说，刚才那只蜜蜂是误闯进来的，不是有意识要伤害妈妈，它飞进来，找不到飞出去的出口，只好发出高音，乱跑。

　　妈妈说，让它咬一口，也是要中毒的，万一它的毒性很强，我本来生着病，莫名其妙又多一种病，我说，你说得好，我们把它打出去了，我们不该打它的，我觉得蜜蜂有点可怜，我刚才挥舞毛巾打它了，它没反抗，就像小时候你也打过我们，我们没有反抗。她说，你这是在气我吗，让蜜蜂咬我一口，就是对的了？你是把它赶出去，没有打它，你也打不到，它轻，又飞得迅速。我妹妹说，她说得对，你没打着蜜蜂，挨都没有挨着一下。你把你的梦也讲给她听嘛，寒风刺骨的那个梦。不讲了，主要是讲给你听的，本来是想好好乐一下，羞耻感一直没消失，当时，她又没打我们。妹妹说，我不同意你说的遗尿这两个字，太难听了。换掉吧。我说，这是最专业的术语。她说换成把尿拉在床上。也不对，好像我们有意识干这种事情，我们明明在熟睡中。

我还有许多其他的梦，都是精彩的，她（妈妈）说，我不想听。我妹妹也说，不想听。那听什么？大姐你说一个。

24

大姐说，我没有梦可讲，当天做完就忘记得干干净净，一个都记不到。我说，羡慕你，睡眠质量那么好。她说，体力活做得多，累倒了，没力气做梦，你们是闲人，问题想得多些，梦就做得多，做完，舍不得忘掉。我妹妹说，你说得好经典，确实是舍不得忘记，她要做文章。我说，孔子才是闲人，他才要做文章，他连韭菜和麦子都分不清楚。那是以前的人乱写孔子的，妹妹说，不过，他有可能分不清楚，韭菜和麦子最开始长得那么像，细长的叶子，绿油油的，都种在地里。说真心话，孔子，他种过地，砍过柴没有？我说，应该做过，那是当时最基本的生活方式，难道全部是他老婆干活？他做过饭没有？我认为，他炖过羊肉，我在哪里看过他说的，喜欢吃肉，有肉就要先吃肉，再吃素。你记错了不？我说，有这回事情。即使我记错，也是把那几个叫什么子的事搞混了，老子啊，孔子，庄子，他们的传说太多，古文又看不透彻，读了以后在脑袋里密密麻麻，他们就混在一起了。我妹妹说，我对他们不感兴趣，读得很少。整理房间的大姐说，你们说的，孔子，我从来没有听说过，是中国人么？我说是的，中国古代的人，被称为圣人。她说，没听过，哪里有时间看古人的书，我们书都不读，看电视剧里演皇帝和贵妃吵架，贵妃和皇后吵架，都看不赢，每天还要去跳舞。我说，电视剧里皇帝不和皇后吵架吗？几乎不吵吧。我说读书，我们也是偶然读一点，混时间，你弟弟应该晓得，教科书里有孔子的文章，那是必学的，他是国家的圣人。我妹妹说，孔子也做梦不？要做的，他比我们厉害千万亿倍，他做的是春秋大梦。只有春天和秋天么？是的，只有两季，春天和秋天，另外两个季节不知何时增加的。那，古代天气好，不冷不热，活在春暖花开，秋高气爽的天气里。我不知道，没在那里生活过，估计秋天就很冷了。我问妈妈，你知道孔子不？她说，怎么不知道？我没学过他的书。有段时间不是要打倒他么？他又叫孔老二。妹妹说，是的，他在家里排行第二，所以后来大家称他孔老二，他又叫孔丘，孔仲尼。我说，孔仲尼这个名字好听，别致。妈妈说，他的名字也太多了，他又做不来事情，到处跑，乱讲话，难怪有人要整他。妹妹说，他是做学问，和想做大官。我说，他本人可能是很好耍的一个人，想说啥子就说啥子，聪明过人。妹妹说，你喜欢哪个人，厉害，你就说他聪明过人。过人，就是在所有人的头顶之上。妈妈说，你们的爷爷年轻时还被人夸奖聪明过人呢，那些古书四书五经他都背得烂熟，可把真的书放在他的面前，一个字都认不到。这种读书方法叫望天眼，坐着，背着手，眼睛望着天上，老师说一句，他就背一句，只有老师有一本书，学生都没有的，书太贵，买不起，老师可能都没有书，他也是背的望天眼。爷爷一本一本书硬生生地背下来，却不会写，看着字也不认得一个。

妹妹说，这个倒是好玩得不得了，现在也该这样学习。除开文科，连方程式，图画，几何，物理，化学，先一本一本地背得烂熟，脑袋里一切都存下了，再开始照着书上学，极其容易，如背熟以后不想继续学习的，他也能样样都说得出来，或选择自己一眼看上，感兴趣的科目，就这样办学。我说，赞成你说的办法，整理房间的女人也说，赞成，她弟弟的书包里塞满了书，每天背到学校又背回来，许多是完全无用的。我问，妈妈呢，你赞成不？她说，只好赞成，你们三个已经说了，我又没读过书，在教会里，学习认得一些字，够用了，妹妹说，你还会识谱，唱歌，比我们都厉害。

妈妈高兴了，让我们把收音机拿给她，她要听福音书。我给她，她打开收音机，声音开到最大，都是各种方法赞美耶稣的，我们也跟着听福音，不敢打扰她，她的神情又极喜悦，电视声音关上了，只有整理房间的女人动作的声音。

25

　我看她转着身体打扫，举高，趴低，任何角落都不放过，动作不是很重，物品轻拿轻放，因为妈妈在听福音，不能影响到她。我们也没要求她必须做到不留一点死角。我觉得，表面看起来干净就满意了。家里一切似乎在静止着，也不是，洗衣机还在转动，声音似乎也放慢了。我妹妹说，轻声地，再泡一壶茶，都凉了，我说好，泡壶花茶吧。她说，还剩有一点特级三花茶。平时，她是不喝花茶的，她说，只有成都人才爱喝三花茶。我说是的，成都有一个三花茶厂，老成都人只喝花茶，到固定的点去买。甚至，我单位的同事都喝三花茶，从不换。我无所谓，有啥子茶喝啥。也有最爱的，绿茶，普洱。我去把剩茶倒掉，我妹妹烧水，一会就搞定了，我们又喝新茶，深深地闻，一股茉莉香味，拿个大杯子，给整理房间的女人也倒一杯。我说，趁热喝吧。她一口气喝下去，她说，很好喝，我喜欢这个香味。我说，主要是茉莉花香。没有给妈妈茶水，她专注地听福音书，不敢打搅。我妹妹说，所谓三花，不是茶叶里混合了三种花，是指茶叶的等级，特级花茶，一级花茶，二级，三级花茶。三级是最次的，花一律是茉莉花，有些品质差的，用茉莉味香精来调制。我们喝的是特级的。我妹妹说，我们为何喝的是特级，不是一级二级？我说，你家里这个茶就是特级的，没有一级二级的，三级的我们不会买，确实太不好喝。她又给大姐说，如果你喜欢，剩下的全部给你，只要你不嫌弃。大姐说，要得，我不会嫌弃，很高兴，拿回家送给父母喝。

她说话一分神，或者兴奋，差点把一个正在擦拭的花瓶落在地上打碎。她说，哇哟，好险。我说，没事，即使打碎了，也不会让你赔钱的。不赔钱，打碎了也不好，必须专注，一心不能二用。妹妹说，没事的，不是啥贵重东西，只是一个摆件。我们互相倒茶，热茶，确实提神。妹妹说，再抽一支烟，我说要得。她从烟盒里抽出两支烟，递给我一支，她点燃火，我说，我自己来点。她递给我打火机，我也点燃烟。我们又吸起来。我说，我想到你城市里的那个家，有个扫地机器人，我一年前，在你家里第一次见到扫地机器人，很是好奇，我一直观察它，它还好吧？妹妹说，它很好，没坏。它在扫地时，你和它说话不？特别是你一个人在家里。妹妹说，不说话，不好意思说，说什么呢？什么都可以说。你好，谢谢，赞美它。不知道其他买扫地机器人的和它说话不。妹妹说，我没开口说过。一般都是，我把扫地机器人打开，它就呼啊呼地开始工作，每个角落都不会放过。我就像这样，坐在沙发上喝茶，抽烟，看电视，它到每个房间去打扫。做不到的地方被什么家具挡住了，它会一遍一遍去，直到打扫后，好比，我脚下的位置，它没经过，它把其他地方打扫了，过来，发现还是被我踩着，它走开去打扫其他地方，不能浪费时间和电，来了几次，我把脚抬起，它打扫干净，才不会再来。我说，你应该给它说对不起。妹妹说，现在还不习惯，我和机器人彼此都陌生，以后再说吧。它没电了，自觉地跑去充电的角落，房间里安静起来，我心里等它充完电，再次工作，好像一个人去上厕所了，我喝茶等待。我说，还是有意思，对家里使用的机器也会产生情感。妹妹说，时间长久了，会的，它有记忆或感应，发出声音。如果有擦灰机器人，也可以买一个，可能只有一只手臂或两只手臂。

26

一只或两三只机器人手臂，给你擦拭各样家具上的污垢，桌子，柜子，沙发，整理熨烫衣物，清洗厨房里的各种角落，油烟机，露台，飘窗，打蟑螂，蚊子，吓跑老鼠。这些小动物，生命力强悍得很，人类灭亡了，它们都还会活下去。这种机器人兼有多种能力，如爬高。在空中可以跳跃翻腾。它贴着墙壁朝上爬行，吸收墙壁上的灰尘，爬到天花板上，灯具上，挨着挨着清扫。你坐在家里，或站着，观看机器人怎样在空间里给你做事情，你语音指挥它，这里，那里，没有做干净，但你不能指挥得太快，它有它的一套程序，你如果整混乱了，它就会像生病一样，乱动，乱叫，甚至不动弹，一个机器人就报废了。妹妹说，我一定要买一个做全套家务活的机器人，打扫，整理，洗涮一体，做饭就算了，不一定有我自己做得好吃，我可以多一些少一些调料，临时变换口味，一种菜变化出多种味道。机器人可是定死了的，做的不高兴吃，我又不能责备它，给它差评，或和机器人大吵一架。她又说，她的一些朋友开车，根据导航语音提示而走，走错了路，导航不能马上纠正，还在错误的方向导下去，等到自己警觉时，已经开出去老远，甚至开到死胡同里去。导航又给她重新规划线路，她不干了，停住车，和导航吵架，乱骂，以为是真人在导航，能够听到她的愤怒和骂声，要和她对骂。导航哪里能感应呢？她忘记了，那只是一个智能语音。她骂完，发泄足够，单方面宣布骂赢了，心里愉快，又再次导航定位，跟着提示走，再不敢粗心大意。我说，那倒好玩，和一个智能语音骂架，干这种事情的人还多。妹妹说，不知道世界上现在有没有这种多功能家务机器人，即使有，可能贵得吓人，我也买不起。指挥机器人，是很愉快的，我喜欢机器类的东西，我还可研究一下。我说，是很贵，一般人哪里买得起，等嘛，要不了几年，你就能买一个了，你不是有一个扫地机器人了么？妹妹说，我知道。有这样完善的机器人制度，整理房间的大姐不是就失业了？我观察大姐的表情，无啥变化，她没听清楚我们说的话，也许她不信世间有如人一样灵活的机器，只需一个手臂运动爬行就可以搞定家里的一切。我没问她，怎样看机器人代替她做事情。妹妹说，当机器人大量流行时，便宜如白菜价格，人工又非常昂贵了，成为新一代奢侈品，不要担心大姐会失业，只要她愿意做，因为大多数人都在耍，不需要做事情，游手好闲，街上都是边走边看视频娱乐的人，耍起也有饭吃，有衣服穿，做事情的人极少，大姐这样有真心的人一般家庭几乎请不起。

27

妹妹问整理房间的女人，你知道什么是机器人吗？女人没听懂她突然说的话，糊涂地看着我们，只看一下，几秒钟，她没时间愣太久。妹妹又问一句，你听说过机器人吗？女人回答，听说过。我们很高兴和意外，我说，她听说过的，不要以为只有巨大地方的人才晓得。你在哪里听说过的？女人说，电视上，手机视屏里，有些是假机器人，是人装的机器人，声音是动画片里的，长得就像人，我从没见过真的机器人。我说，我也没见过完全像真人的机器人。机器人有各种形式的，圆形，方形，长条形，长方椭圆形，人形，植物动物形状……你想要什么样的就生产什么样的。大姐说，牛的形状也有，猪的形状也有？我说会

有。她说，我是买不起的，我自己做所有事情。妹妹说，
买得起，以后人人都用机器人，就像你现在用手机电脑。
她说，那就好了，我也许学不会使用，手机都不敢乱点，
怕点死机了，用不动。妹妹说，我们也不敢乱点，跑出来
许多陌生画面，广告，手机超载了，就会死机。她问她，
你读过书嘛？女人说，读过，小学毕业。不喜欢读书，看
到书本就想打瞌睡，坐在教室里，脑袋里全是山，地，土
豆，玉米，鸡鸭，猪狗，煮饭。放学回家要做事情，想一
想就睡着了，被老师叫醒好几回。熬到毕业，再不想读了，
回家种地还自在些。妹妹说，你这种情形，不爱读书的人
多得很，高兴不读就不读，认得字要得了手机就行，读多
了也没用，没用，留给那些酷爱读书的人去读吧，帮你读
了，你去爱好其他的事情。在我们老家有个人，过去被推
荐去上兰州大学，当时二十一岁左右，他到学校大半年后，
就自己跑回来，哭喊着不去上学。他不适应那种环境，和
别的大学生相处不来，高级知识他绝对学不进去，痛苦得
很，每天犹如在地狱里生活。他逃跑回家后，他的父亲不
能接受，强迫他回学校去，亲自押送他回学校。他回去后，
每天在寝室里睡觉，吃饭的时候才起来，洗漱干净，衣服

99

穿得整齐，到食堂里吃饭，那时大学生吃饭是免费的。这样又混了一年多，放假也不敢回去，家里人不知道啊，学校又看不惯他了，让他退学。开始他不退，不理睬学校的命令，混一天算一天，想混到毕业，拿个文凭回家，让家人高兴。学校不赞同他的想法，直接给他处罚，自动退学。他没钱，又不敢回家，不敢出去流浪，还是睡在寝室里，有时白吃一顿饭，有时就饿。这样过完四年，当然没有文凭。他回到家，全身倒干干净净的，像个书生，就是很瘦弱。村里人都以为他读了不少书，要到城里安排工作去，等待了很久，他还在村里，每天也不做事情，吃饭，睡觉，睡醒后，在村里到处游荡，看云，朝霞晚霞风霜冰雪，有时带领我们一起看，站在山顶上，田坝头，很温和斯文的一个人，一看就像个书生，但是永远读不进书，我现在觉得，他是智力有问题，低。整理房间的女人问，他没结婚吗？妹妹说，没结婚，有女人喜欢他的斯文外表，但相处一下，或睡几次，就跑了，不能和他结婚。他还在吗？在的，有六十多，比我们大十几岁，一直住在他家的老房子里。他的父母亲也死了，他有个妹妹嫁到外村，不时回去照顾他。他就一个人生活，每天还是吃饭，睡觉，看云，游荡。我说，他可能不是傻，是神游在外吧，不与我们这些人同步。妹妹说，他肯定有问题，经常傻笑，自己说话，还有点疯癫。

整理房间的女人说，可惜了，一个那么标致的男人，女人没福享受。我和妹妹一起附和她，同时大笑起来，三个人都心里色眯眯的，大笑，笑到妈妈听见。妹妹说，你们这里也说标致这个词，和我们那里一样的说法。整理房间的女人和我们说话，动作没停，拖地时，转过去转过来，我又想起扫地机器人，默默无闻地做。她拖到我们面前，我和妹妹自动抬起脚，她还客气地说，麻烦麻烦。我们说，是麻烦。做这么久，累到了吧？她说，一点都不累，挣钱是不会累的。想起妹妹家的扫地机器人，她是不和它客气的，扫到她面前时，她脚都懒得抬，看都不看它一眼，等它一遍一遍地跑来。我说，你还是该对你家扫地机器人仁义点，和它说说话，感谢它做了那么多的事情。做完了，也说声谢谢。她说，没必要，它是我买来的机器，我可以研究。以后再说吧，如果它能回答我。我说，万一某天它真的回答了，你咋个办？就吓一跳吧，然后打电话找生产商，问问。就像人生了病，打 120 找医生。我说，道理确是一样的。

　　我们继续喝茶，偶尔瞄一眼电视。电视里在放购物节目，这次卖的是土砂锅，看起来不错，有几种颜色，我喜欢红色的那款。我说，可以买一个。不买，已经有一个了。妹妹马上回答。茶又喝白了，最多泡四次就不行，淡而无味。妹妹说，我们已经喝了四杯茶了。没那么多，给整理房间的女人倒了一大杯，实际我们喝了三泡茶。茶真好喝，我说，我对茶上瘾，走到哪里去，没有茶喝，再好耍都无趣得很。第一要事，坐下喝茶，无聊完毕，然后才玩其他的，看风景人情。妹妹说，是这样。她又想抽一支烟，问我。我说随便你，我现在烟瘾没那么大了，可抽可不抽，酒瘾还要大些。妹妹说，你茶瘾也大，学会不长时间。我说，学喝茶才三年，之前一直喝白开水的。喝茶也很花钱，除开茶叶，还有各种茶具诱惑你，壶，茶杯，茶桌，茶盘，水（如各种纯净水矿泉水），烧茶的炉具……各种级别的。我说，已经开始了，每天在网上看茶壶和茶杯，看直播买这些东西，已经花了一点钱，目前最喜欢青花的瓷器。妈妈听说我花钱，她精神来了，她说，你又乱花钱嘛，你挣的钱不够你花。我说，没乱花，就是享受一下。我每次看直播卖瓷器的，那些做直播的人，不分男女，一律叫哥。有次实在不想让他们叫我哥，我说，日，你才是他哥的哥呢。那人马上说，对不起，弄错了。也没再问，改成姐，女士之类，怕再次弄错了，或行规如此。我又不好意思，骂了人家，我说，有啥好东西，要优惠多多的。直播的人说，会的，哥，我们一直都是不贵。他还是叫我哥。总之，男人女人，喊哥是不会错的。妹妹说，喊爷更不会错，有许多女人喜欢别人叫自己爷，爹，什么爷，什么爹。太难听了，我不喜欢这样，叫我安爷？不行，安姐，或姐，通俗易懂平和，也不要叫安姐姐，好吧，安姐。

28

我们在客厅里乱聊，笑了一阵。并不为那不能读书的学生光棍担忧，他活得比我们好，想怎样就怎样的。不像我们每天辛苦，为这个那个，为社会而生活，想法都被束缚住。即使整理房间的大姐，她生活在如此偏僻的大山里面，还是会被干扰，必须走出大山，进入飞速运转的现代社会，适应和主动接受。我问她，大姐，你会不会永远不回大山里的房子，住到更大的城市里去？她说，不知道嘛（就是她不能确定以后的居住方式）。现在，他们在镇里租房子住，和孩子爱人以及弟弟住在一起，孩子和弟弟在镇上读书方便些。第一次，大姐（她其实比我和妹妹小）提到她的爱人。他是哪里人，做什么事情？她说，他们一起努力挣钱，准备在镇上买个房子住。山里住着父亲和母亲，种地，饲养些鸡鸭，蛋，过半年，搭车给他们送来。因为路修好了，到处修通公路，走不了多久，就能到公路边搭车。他们自己，从镇上一年回一次山里，过年。回去也新鲜，就是太冷，必须烤火，山里树木多，有些山路垮塌了，被藤蔓覆盖。本来是自己生活长大的房子，现在像个客人一样，生疏得很。我说，你觉得这样好不好呢？出来打工，彻底离开以前的生活。她说，没想过，就这样子了，从山里出来，打工挣钱，住到镇子上，习惯得很快，不需要哪个来教你该如何如何。妹妹说，我们老家也一样，没几个人了，荒凉破败，以前年轻人过年还回去，买些烟和零食，邀个媳妇，穿着崭新衣服鞋子，在外省的，坐几天几夜汽车回家。大年三十给祖宗烧纸钱，吃团圆饭。亲戚间互相走动，摸出一包中华烟（有可能是假的，好面子）递给长辈。新媳妇站在旁边，跟着叫叔叔爷爷，爱漂亮，穿得又少，冷得脸和双手发紫。脚上都是泥巴。后来，有些人的父母不在了，或买房子，接到镇里，县城，省城，外省，在哪里安家就把那里作为故乡。以前乡下不再回去，路和房子空着，没人住，就毁烂掉，长满茅草藤蔓，全国都一样吧。妈妈出来后，我们更是多年不回去。妹妹说，主要是你不回，以前爸爸在你也不回去（爸爸早就去世了）。我说，回去太麻烦，回去过年。天不亮就要起床赶长途汽车，车破旧漏风，路况不好，开得又慢，天黑尽才赶到家，又冷得要命，风往身体里灌。就干脆不回，或有意忘记回去。

妈妈听我如此说，你好狠心，我们每年都盼你回来，总是落空，让人心酸。我立马说，妈妈，我现在后悔，天天自责一回（真的），当时那么混账，把家人都抛弃掉，不知道在城里干什么，每天疯什么。妹妹说，你虚荣心重，不想回乡下，逃避土气和贫穷。我说我确实有巨大的虚荣心，太多虚荣心，填满我的身体，压迫我，很多年，赌博也是虚荣心太强的结果，特别是赌博输钱，输得焦虑不堪，昏天黑夜，还抽烟喝酒，从不煮饭，日子并不好过，哪里还想得到别人，现在绝不虚荣了。你不虚荣，可是已经没用，你没精力虚荣，老了吧。我说，对不住你们，我是可以照顾你们的，我一直在晃荡，心里完全是混沌一片，被灰尘堵塞了心窍，它不通畅。妈妈说，别提那些事了，你当时都没长心，现在长好了。给我倒杯水来，又飞进来一只蜜蜂，帮我赶走。我倒一杯水，走到床前给她。听见蜜蜂嗡嗡叫，飞到我的脑袋周围，我想看看蜜蜂长的样子。它不得停住，除非有花蜜，采花蜜它也是点到即飞，不会停留一秒钟，我自己估计的时间，可能不科学，我观察过它们采花。这只蜜蜂顺着我的脑袋侧面飞行，飞得慢，它在找出口还是什么。没有停留，我还是看到它的个头不小。我给妹妹说，几乎有马蜂那么大，最小的马蜂。它飞到妈妈脑袋边，她焦虑地说，快把它赶走。我说，它不得蜇伤你。知道不蜇我，我又不怕它蜇我，我以前还被马蜂蜇过，马上在蜇的部位搽上口水，多搽一些，虽然会肿起来，但不会要命。一般头面部位，容易被蜜蜂袭击，高度正好，暴露又最多，眼睛周围肿起老高，不能看东西，看得到一丝光亮。家人（母亲）也不会让你闲着，当成病人，让你干些不需要用到眼睛的活路，扯棉花，剥玉米，一个多月才好得清楚。那些都是野蜂子，毒素大。这个蜜蜂我不怕它蜇我，可它骚扰我，如果年轻我哪里会怕，又生了病，又老，要对付它呀，脑袋一剧烈转动，头会发晕，天旋地转，刚刚才好了一点。我说，你就不要管它，闭上眼睛，听音乐一样。她说，哪里那么简单，它嗡嗡嗡嗡的，好烦人。你身上可能有花蜜的气味，它才飞进来，是不是你吃了巧克力的原因，你吃了几个？她说两个。三个吧，我记得给你三个。她说，不管几个，你把蜜蜂赶出去。我没用手赶，风力太轻，拿起她枕头边上的毛巾，挥舞着，把蜜蜂赶离她的周围，蜜蜂盘旋几回，有点懵，乱飞，我加快速度挥舞，它找到出路，朝天花板上蹿，我说，够不着了。妈妈抱怨，你动作轻点嘛，蜜蜂没赶跑，我却震晕了。我没说话，看蜜蜂在天花板飞旋。四个角它都飞过，十分慌张，想找到出路。妹妹说，你把全部窗子打开，让它飞出去，它又不是坏人，这样瞎撞瞎碰，说不定真蜇到我们。我把没有打开的窗子都开全，窗帘也拉到最边上。蜜蜂乱飞一会，它终于找到最亮的窗口，飞出去了。妈妈说，关上一扇窗户，窗帘也拉上一些，有风吹进来。我说，遵命。我把刚才打开的窗子关上，窗帘拉起来一些，透进足够阳光，让她感觉舒服。我问她，这样可以了么？她说，可以的。你把杯子拿走。我拿走她喝完水的杯子，她用毛巾擦擦嘴，又擦手，她是非常爱整洁的老人。我说，你比子女们爱干净，我喝水从不擦嘴巴。她说，你还好意思说出来。我嘿嘿嘿笑，主要是你太心灵手巧了，没让我们学一点。没教给你们这些，是想让你们专心读书，读到城里去。我说，结果是到城里来了，读了一些死书，其他都差劲，家庭都搞不好，完全不知道怎样经营，只好干脆不要家，害怕，就一个人过。妈妈说，当时没教你们，是我太想让你们读书，忽略了。没事没事，我说说，一个人过更好，人最终都会一个人的，我提前实验下。她说，也是啊，你们爸爸过世三十几年，我一个人过，完全不想再找一个老伴安家，怕不适应。我说，那我就随了你的性情，太自我了。

29

妹妹也走过来，她说，你们这么半天在说什么？谈蜜蜂，家庭。我和妈妈都是一个人过。妹妹说，怎会是一个人，不是还有子女么？妈妈和你又不一样，她是爸爸去世，不得已一个人。你是完全整不好一个家庭，离婚而已，脾气又大得很，不敢再找。我说，就是这样啊，不敢，也不想，失望。一个女人或一个男人也是一个家庭，不一定非得两个以上的单位才能算一个家，那太老套了，我自己就是一个家庭。妹妹说，还有你自私。我说，现在我不自私了，我想的都是你们。你想归于想，没有具体行动。我说是的，想很多，想到哭，想法大于行动。妈妈说，能想到也不错了。我说，我想给你们很多钱，给每个姊妹，每次看到卖彩票的，我就去买两注彩票，兴奋地等着开奖，幻想中大奖后，钱怎样分配，也捐出去一些给穷人，自己要买个大别墅，一家人住在一起，我不想住那么大的房子，我只要一间就可以了……想法美好得很，当然每次都没有中。没中奖，也不是特别失望难过。下次再买，不是天天买，偶然买一点，试试手气，我现在不赌博了。妹妹说，你总是想靠一些歪门邪道挣钱，以前是想靠赌博，结果越输越多，自己赌不下去，收手。现在又想买彩票，那都是海市蜃楼的东西，有几个中了？我说，买几次玩，不会整凶的。妈妈说，我也买过三次，三次不中奖，我就不买了。我们笑，你买三次就想中奖，太天真了。别人买三万次都没中，而且还在买。我有一回，看见一个和尚在买彩票，买了好几十注，我最多买三注，或一注再添一块钱加持，奖金就可以翻倍，好比我中八百万，加持后就是一千六百万，还是很刺激的。妹妹说，你就喜欢这些虚妄的事情。那和尚买彩票，他自己加持以后，不是中奖概率大得多，甚至每次必中？我说，不一定，我看见他买的时候也添钱现场加持了的。有点好玩，什么都可以加持，那和尚恐怕是假和尚，真的，怎会去买彩票？贪嗔痴三毒，这属于贪的部分，佛教第一戒，出家人是绝不容许的。妹妹说，可能他家人需要，或有其他原因，修庙宇，塑佛像，佛门怎可以不给他一个方便？你以后也不要买彩票，没看见有报道，彩票管理中心的人，他们贪腐，自己就先中了，一千多个亿？你们这些彩民，梦想一夜暴富，梦想是美好，但是虚假的，包括那个和尚，他也糊涂了，一切皆虚妄啊。我说，就算是虚妄，也要买，不然咋个办，穷人，屌丝，屁民，想不劳而获的人，不劳而获的人是真可爱（不是靠贪腐那种），我一直就想做那样的人。你算穷人吗？输那么多钱，当时可以买两套房子了，眼睛都不眨一下吧，心里也不疼？你就没赢过吧？妹妹很生气。我说不疼，正是因为不赢，才想赌，越输越想赌，想翻本嘛，赢了就没劲。不要说我赌博了，我已经戒掉，一点也不想赌。说那些买彩票的人，每次进出彩票点，兴奋激动，甚至早就算好了数字，使用各种方法，一直使用那串以为最吉祥的数字到死那天，买个未来。也浪费了成百上亿精心算计的数字，堪比数学家。我自己比那些彩票痴差远了，更虚无得厉害，懒惰，我从不算计，每次都是机选，把运气交给一台电脑，卖彩票的人在电脑上选中一串数字，问我要得不，我说要得，她打出来给我，或添一块钱加持一下。我问好久开奖，她说今晚。我就拿着彩票走了。偶尔，我换个数字，极少。彩票，我也不会搞丢的，那也许是几百上千万，宝贵得很，不会搞丢的。你是没有救了，你总是不对，你所有观念都是歪斜的，一直不对，从来就不对，但也不是邪恶，妹妹说我。我觉得我很正呢，内心充满无数多的爱，生怕对不住别人。妹妹说，你是完全没救了，贪嗔痴三毒俱全。你说少了，是三百毒。

30

三百毒，是三百种毒，不是三百个。如果每一种有八万四千个分子，那我身上每条毛细血管，每块肌肉组织，每个细胞，细胞核，都布满了"毒素"。我都懒得算了，它们总共有多少个？妹妹说，其实也简单，八万四千乘以三百，用手机计算器一下就算出来了，一共是25200000，两千多万，确实够多的。但是，为何非要用手机上的计算器？任何计算器都算得出来。妹妹说，手机上的计算器，随时在你手上，其他计算器你还要去找，或者根本就没有买。两千多万个毒素也布满不了你的细胞。我说布得满的，因为八万四千个又有分支，每一个都有八万四千个分支……那不是无穷尽了，就像宇宙一样。八万四千是何依据？我说，没依据，从佛教那里顺手捡来的，我觉得差不多就是这个数字，对别的生物也适用。实际上人体和宇宙，连通了的，地球不过是人寄居的一个场所，地球只是一个物体，物品，不是没有地球就没有人，人也可以寄居在别的星球上，人体神秘深不可测，人是不能完全搞清楚自己的，非常难。毒素又叫烦恼，我也赞同，烦恼（毒素）是可以复制的，当你扔掉这个烦恼，以为完全好了，高枕无忧，你又会捡起来另外一个烦恼。星球也是，人类永远探索不尽，宇宙自己在复制星球，有些是单个的，有些是一团遥远的星云。人体细胞也是这样，毒素也是这样，情绪也是这样，复制，复制，不停地复制。所谓生命科学太复杂了，人类一个一个清理吧，经常解决了这种问题，出来新的问题，就在同一个问题中，又出现新的，人类很有耐心，慢慢探索，探索自己，摸索人体本身。妹妹说，你这些又是歪理邪说，不过很新鲜，你也真敢想。我说，这绝对是有意义的，不管你信不信，一切都是复制复制。我看到一本书里写，关于精神病人的，外国人写的，说精神病人，为何千百年来都医断不了根（这句是我说的），因为，精神病人，当你把他的一种（最初发现的）症状控制消失后，他的精神（脑袋），身体也加入，马上复制另一种症状，就在某一条脑回路里，甚至随便捡起一个症状（某一种他没有体验过的），他总是需要，主要是妄想，幻觉。精神病就是这样，爱搞些稀奇古怪，出奇制胜的东西，医学太难搞定它了。为何抑郁症经常与躁狂症互相转换？特别是吃了抗抑郁的药之后，又出现兴奋躁动，说话滔滔不绝，感觉非常之好，穿衣非常单薄，冬天穿一条裙子，一双丝袜，也不感觉冷，也不感冒，在街上跑。如果恰巧在情人节那天，她刚好转换到兴奋状态，她就要花大把的钱，比王后还骄傲，富有，美丽，大方，她要买光超市里的巧克力，说要送给每一个人。而超市里的销售人员，不准她买，她就要惩治他，找许多厉害的人来打他，找警察，黑社会，或她自己亲自动手修理他，她感觉自己非常强大，无所不能，她必须要花钱，消费，脑袋停不下来，不听指挥。超市的人，搞不懂她的现状，自己先报了警。警察来了，也没啥好办法，看她的打头，不敢训斥她，先是一笑，然后呼叫来一个警察，或两个警察，他一个人搞不定。又呼叫120。

超市的那个销售人员，松了一口气，不敢看她一眼，独自站在超市的一角，脸向一排放巧克力的货架，心里完全空白，他没法想，被她的兴奋样子，行为，搅动得太混乱，失去平常的思维次序，他要恢复一阵，向人叙述，多次叙述以后，淡化痕迹，他才会重新找回自己的惯性思维。

她当然，被警察带走了，和120一起，送到精神病院里，没有其他地方可以去。她在精神病院里（可能多次进出），医生完全知道她的病情，治疗也简单，给她吃抗兴奋状态的药物，她很快就会平静下来，几乎一句话不说，不和人交流，一个人坐着，走路，吃饭，反应迟钝，笨拙。住不了多久，不需要住很久，一般她没有精神症状，如幻觉，妄想。但有一些病人，从单纯的抑郁兴奋状态，会进行到分裂的症状，就是说，她或他，复制，捡起了另一些病症，确实很奇特，即使医生发现了这些情况，也无法快速解决，它是变化着的，当时是这个症状，一转，它又变换了，服用广谱抗精神病的药物，总是有效的。她出院回家，继续少量服用抗兴奋的药物，如果抑郁情绪太重，重到不想活命，她再次吃抗抑郁的药物，一点一点兴奋起来。就是这样，交替出现。妹妹说，确实神奇和古怪，复杂，我们外行人只能看热闹，总有一天会解决的吧。我说目前不太乐观。全世界都在研究生命科学，突然意识到太重要了，我以前工作的医院，也有几个科研小组，和其他研究机构合作，每天收集精神分裂，抑郁，焦虑数据，非常严格认真，就是想攻克它。我觉得，人体比宇宙复杂多了，回来关注自身是对的，这么多年，人荒废了自己，去研究外在的，急功近利的东西，人本身是可以飞升，遁形，长生不老的，不需要借助外来的工具，人花太多时间精力去整太空飞船，舰艇，高铁之类，人自己就可以飞，潜行，奇妙得很呢。妹妹说，可以认为，你这些言语是毫无依据的胡说乱想，幼稚得吓人，任何人都能轻易推翻你。也不完全是胡说乱想，是我思考观察的结果，有人推翻也好，来推翻就是，我不反对，但我坚持自己的想法。

你一直是极端的，无论言语行为。当初赌博，一赌就是三十年，通宵达旦，吃喝住都在麻将馆里，这是你坚持最久的事情吧。我说，不是，我不在麻将馆里住。最久的是写诗。写诗，也是极端的行为，正常人哪个去写诗？正常人也会写诗，很多，公交车司机，擦皮鞋的人，公务员，赌徒，护士，总统，副总统，军阀，这些人也写诗，任何人都有不正常之处。

我承认你是一个诗人，你写了那么多年，不算太多，自然成为一个诗人。而你结婚，生孩，离婚，也是，好像发生在瞬间的事情，我们家人一个都不知情，感到突然。某天，你带一个男人回老家，说是和他成立一个家庭，住了几天就走了，家人不了解细节，从此再没有见到。过不多久，生小孩。生小孩没两年，又离婚了，都是你单方面行动，不和家人说一声，透露一点信息。你的人生仪式完成了，剩下我们白担忧，你的生活给人感觉就是摇摇欲坠，有时不知道具体在哪里，电话也打不通。

我说，担忧什么？我是一个成年人，我对我自己的行为负得起责任。我没结婚，也没离婚，没离婚，也就没有结婚。就是走了一个男女之事的过程。没结婚离婚，那小孩怎么回事？小孩，生了一个，也是过程之一。很多人都这样，一个人，有了小孩，不算大事情。和我打麻将的一个女人自己生了个孩子，三十岁左右，她有点着急，说很想要个孩子，不结婚。过不多久，她的肚子慢慢隆起，她还是和我们打牌到天亮，实在很累，她就在麻将馆的沙发上躺一会。她穿着很宽大的衣服，以为我们看不出来，其实每个人都知道，她怀着孩子，那些赌徒只管自己的输赢，才不会见怪呢，有人打牌就行。她每天熬夜，孩子生下来，她也自己养，她继续到麻将馆打牌，靠赌博为生，养活父母孩子。孩子父亲，我们不知道是谁，麻将馆里有许多男人，我从不清楚他们来自哪里，县，镇，村，口音各个不同，都不像她要找的。孩子一旦完成，他即自动消失。

妹妹说，不说这个了，你交往的人也不正常，越说越邪乎，像个怪圈。

那我们说啥子？抽烟怎样？妈妈说，要抽烟，你们到客厅里去，不要在我的床前。我又听不懂你们说的什么，还说生气了。我没生气，妹妹可能有点。她说，我也没生气，只是情绪激动，声音自然提高了些。妈妈说，都没生气最好，感觉后脑勺凉飕飕的。

31

把窗子再关上一些，这里太阳虽好，风也吹进来了，吹到脑壳里，阵阵发冷。我把窗子又关上一些，看见楼下一个小孩哭得声音嘶哑，弯着身体，不知道受了多么大的委屈，一辆庞大的越野车朝着他开过去，他在路中间号哭。车开得缓慢，也鸣了喇叭，他不让开。路边绿化带摆龙门阵的老年人也注意到了，其中一个穿红色衣服的老年人，惊叫着，把小孩拉到边上，打了他几下，有一下打在小孩的脑后枕，我觉得很危险，可小孩立即不哭了，汽车缓慢开过去，他们一起看汽车。我说，又一辆豪车。小孩也经常没理由地哭闹，或大人搞不懂他哭闹的原因，相互都恼火，过一会消散了，一股不舒服的气流，在他身体里跑动。

我问妈妈，这样可以么？窗子几乎全关上了。她说可以。眼睛老是流泪，擦都擦不完。我说，你眼睛是小时候受伤没有医治，感染发炎，神经损伤引起了后遗症，过去七八十年了，现在也医不好。她说，那个时候，我妈太狠心，几岁去干活时眼睛受伤，也不给我医治，草药都没敷一敷，她就希望我死掉，一只眼睛完全坏死，这么多年，只有一只眼睛看，好造孽。我说，一九三几年的事情，你还记那么清楚，应该忘掉，你妈早就投生了，你爸爸也早就投生了，你大哥也早就投生了，现在比你还小，她不是你妈妈，可能变成了一个男人，厌烦人世，出家当和尚了。她说，全部都记得，那么多苦，哪里忘记得了。那你说出来，我们听一下。她喜欢讲她以前的故事，八十几年前的生活，细节，说得很清晰，一点不混乱。

我还没出生，爸爸（就是你们外公）外出做生意，生意没做，光赌博，把钱输光就回家，背个空背篼，背篼里该装满了货，布匹，针线，盐巴。下次全家人给他准备了货款，他又赌博输光，当时我们家里有许多地，家境还好，是大家族，弟兄多，有好几房人。这样空手回家很多次后，终于他再也没有回来，死在哪里都不知道，可能被人害死了。我没出生，是个遗腹子。我大哥呢，才十三岁，被拉去做壮丁，也被打死了，家里没有支撑的人，土地被族长，和我爸还是兄弟，强行占去大半，他想把我妈撵走嫁人，让儿女全部死掉，把家产霸占完。我妈也强悍，特别会说，长得非常漂亮，外号叫赛半仙。她怕一嫁人，她的几个娃儿就被人整死了，她一直没有走，怎样委屈都守着几个娃儿，才四十几岁。我丁点大就去帮人干活，割高粱，把眼睛戳到了，受伤灌脓，眼睛就是这样坏了的。妈妈养活不了我们，养得苦，就想我死掉，我最小，她说，你啷个不死哦，经常说。好在我大哥被抓壮丁去打仗，死后，我们家领了三年息饷（息饷二字，音，就是钱，大洋），日子才好过一些，妈妈没那么恼火了，没人敢再欺负她。我的大姐，嫁给一个老师，家境倒是好，地多，我又去她家干活，有饭吃。那个老师不爱说话，在外面吃喝嫖赌，回家阴沉着脸，大姐是个笨人，哪里是老师的对手，受气。我二姐，抱给人当童养媳，自己的家都找不到。我个人，长到十五岁，只想出家当尼姑，跟着庙里的姑子，我和她都说好了，她又出事，突然大起肚子，我哪里敢去出家，命好苦啊。我说，我认识你的妈妈，大姐，二姐，二哥，小时候见过他们，和你一样都是白皮肤。你妈妈当时对你不好，我们对你好，你擦眼泪用干净的帕子，不要用手抓，手上有毒素。她说，我晓得。妹妹说，你眼睛坏了一只，还是比我们漂亮，皮肤多白呀，你妈妈把漂亮给你了，你没有遗传给我们。妈妈说，是你们爸爸太强悍，和他的脾气一样，我只好让他。爸爸是黄皮肤，卷卷头发，暴烈脾气，我们几个女孩都遗传了他的黄皮，卷卷头发，深眼窝，高鼻梁，他的基因太强大了。我们不是汉族人吧？在老家也就几户人，其他都是大姓，人数多。可能来自西亚，伊朗那一带。那我们是波斯人种，黑发，深眼窝。即使如此，基因混搭了很多次，也变化了。

我们从妈妈的房间出来，妹妹点上一支烟。她说，你的脾气也和爸爸一样暴烈，点一下就发作，遇到事情从不动脑壳想。我说，已经改多了，现在一般都很温和，偶尔忍不住会大发。妹妹说，洗衣机没动静，洗完了，把衣服晾起。我来晾吧，你抽烟不方便。我到阳台上，打开洗衣机。妹妹说，这些小件不用晾到楼顶上去，就挂在阳台上。

我说好。一件一件抖伸展，没有皱褶，用衣架挂好，晾在阳台顶的杆子上。这个铁制衣架好用，手感沉重，比木制和塑料的用得久，不会散架，以后就买这种。妹妹说，当然啰，贵都要贵一些，一分钱一分货。我晾完衣服，看见太阳依然好，我说，我们晒晒脚吧，把脚伸到太阳光里，脚很难晒到太阳。妹妹说，我不晒，一晒就脱皮，对太阳光过敏，和妈妈一样，遭遗传了。我说，那我自己晒。我搬个小凳子放在客厅与阳台之间，背对着她坐，脚放入阳光最浓烈处。妹妹说，你晒得太狠了，会脱皮的。我说，不怕，脱一层皮，长出新的来，我的脚就年轻一点，我希望把我皮肤里面的一切都晒一下，五脏六腑，骨骼，特别是骨骼，脊柱，太难受了，又酸又堵，晒通畅，变得轻松有力。谁不希望如此呢？这个老身体，太难侍候了，妈妈的身体，更难侍候，到处都不舒服，问题多多。

大姐的身体好啊？妹妹又突然问。她转移话题时就用这种方法。她说你问我吗？妹妹说是的。她回答，我其他都没问题，关节不好，有风湿。严重不？不是很严重，天要下雨时，膝盖里就像有小的棉花塞住，酸纠纠的，不通畅，不舒服，有时还痛，我也没管它，没去看过医生，天气一好，就没事。妹妹说，很多人都有你这种问题，我也有，不算病，以后不要再受湿就可以。我做这种工作，和水打交道多，不受湿气难。妹妹说，你可以戴手套，既保护手漂亮，又不受湿气侵略，有专门的那种塑胶手套。她说试试。妹妹又问她，你整理衣柜时，有几种衣架，木制，铁制，塑料，你觉得哪一种更好用？大姐说，我没怎么在意衣架，我注意力在各种衣服，围巾，首饰，被褥上面，我一件一件清理，挂在衣架上。被褥放进真空袋子里，其他小东西分类放置进抽屉。你们可以去查看一下，整理得好不。妹妹说，等你做完毕，我再去看看。你还是要说一下你的感觉，因为你见得多，我以后使用时可以做个参考。大姐说，我觉得，厚实平整的衣架都好挂衣服。你家里的，铁制和木制，不容易坏掉，质量确实好，用得更久一些。妹妹说，你说得好，很实用的意见，我以后就买这两种牌子。

　　我不和她们说话，看手机，阳光晒得我昏昏想睡，睡着了一小会，又觉得妹妹在走来走去，她到阳台上站立，说这么大太阳，人会被晒坏的，脑子晒坏了，医不好的。跑到妈妈的屋子里，她们对话。妈妈很焦虑的声音。

32

　　太阳晒着，我觉得睡着了，身体很重，被什么力量压住，拉下去，脑袋又是清醒的。而我想摇动它，只要动了一根小指头，我就会全身复活。我知道她们都在离我不远的距离内，打扫房间的女人，她哼唱了一首歌曲，现在非常流行。妹妹在妈妈的房间里，她们说话，声音遥远，妈妈的声音有点焦虑。我呼叫妹妹的名字，倾尽力量想撬动身体的一个部位。我觉得拉住我的力量就是死亡，我如果一直沉下去，就会死，沉到最底处。后来，我被拉上来了，我听到妹妹的声音，她说，你刚才迷住了么？表情很苦恼。我说，我拼命喊你，你终于听到了。她说，我听到你唔唔唔唔，低沉的声音，我就知道你迷住，轻轻摇你几下，你就醒转来了。我觉得自己喊得很大声，简直是绝望的声音。妹妹说，被迷住的人都这样想的，你刚才为何被迷住？我看见你睡着了，才没惊动你，你还流口水。我说，我现在睡觉爱流口水，真是老了，哪根神经不是很管用。我睡得浅，听到妈妈焦虑的声音，我想，她又出啥问题了？然后，一个东西从楼顶落下来，经过我的身体正中间，朝下落，然后我就被迷住。妹妹说，是有一个东西从楼顶落下，落在地上声音还响亮。妈妈说，楼上啥子掉了？不会是一个小孩吧？我说去顶楼看看，上面人多，妈妈不让我去顶楼，她说她害怕。我就在窗子边上朝下看，东西落在一楼的水泥地面，已经围住了人，就是那些带小孩闲聊的老年人，他们迅速围成一圈。我看不清楚，要是有个望远镜就好了，我想，明天一定要去买个望远镜，晚上也可以看月亮。我妈催问，看见人没有？她主观认定有人坠楼。我说看不清楚，好像是个人形。她更焦虑，她说，不得了，你赶快打120救人。我说没看清楚。我大声问底下的人，问了五声才盖过底下人的声音，我问，人跳楼了么？底下有个老年人，她的声音比我响亮，她回答我，是个人体模特儿，不是真人，不知道是哪一家扔下来的。我说，我们家没有扔。我问清楚了，回头给妈妈说，没有人跳楼，是扔下一个人体模特儿，就是商店里展示衣服的假人。妈妈说，那就放心了，刚才嘣的一声，好吓人。你要平静，平静，还生着病，再吃一块巧克力，分散下注意力。她说，吃一块嘛，心里有点慌。我到客厅拿巧克力，看见你唔唔唔，被迷住的样子，把你摇醒，其实就轻拍了一下你的脑袋。过程就是这样。我说，我听到妈妈的焦虑声后，就被迷住了。我站起来，想活动下，脚麻得很，用不上力，我说，脚麻得很。我又坐下，不敢运动，让血液循环慢慢畅通。我问整理房间的女人，你刚才听到落东西的声音没有？她说没有，我在唱歌，又做事情，没有听到另外的声音。我迷迷糊糊时，也听到你在唱歌，好熟悉，你唱的什么歌？她说，我也不知道名字，电视，手机，经常都在放，我听熟了，随便哼的。我说，你声音好，唱得不左，应该多唱。我唱歌完全是左嗓音，自己不觉得，别人听到都说我是左的，只要听到我这种嗓音，就说是左嗓音，不正确的声音，我其实不明白这种区分，左嗓和右嗓。女人说，你不明白，我更加不明白了。我问她，你也没看见我被迷住了？她说没有，我在唱歌，做事。我说，也是，我脸朝阳台外，背对着你，你不注意是不会发现的。她说，我以为你睡着了。我说是的，我睡着了一会，然后就被迷住了。只有妹妹，她到客厅里来，她必定要观察我，看我睡得怎样，于是她发现我被迷住，救助我。我脚不麻了，站起来，我问妹妹，给妈妈拿巧克力没有？她说，妈妈正在吃。我全身朝上，伸了一个懒腰，心里对妹妹充满感激之情，也很愉快。我说，谢谢你，妹妹。她说，这些话，我听了还不好意思呢。你听到就是，反正我表达了。从来没有这么亲密过，包括和妈妈。妹妹说，你就矫情了，不过是拍了一下你的脑袋。我说，反正心里很舒服。妈妈也是，感觉从生下来就没亲过我们，没感觉到她的爱。妹妹说，我也没感觉到。她每天都在抱怨，骂我们，我还经常被打。她动不动就头晕，全身发抖，爸爸每天又忙得很，要管一家人吃饭，还要做家务，衣服都是他洗。妈妈遇到一点困难就喊，福云，福云（爸爸的名字），你来一下啊！她很娇气，依赖人。她一喊，爸爸就赶快到她身边去关心她。我们听到后，没办法，只好摸到事情做。我说，我没注意到这些细节，你心思好细。妹妹说，你笨得很，又不爱说话，表情呆滞，不知道整天在想啥。我说，我在读书，想书里的事情。哈哈，我还读过一本《水浒传》，家里除了报纸，课本，是没有钱买闲书的，不知谁带来放在家里，我不想做事情，就抱起一本书看，妈妈就喊你们去做。妹妹说，你表面温顺，骨子里最不听话的就是你，心也冷，大家都被蒙骗了。我说，不是故意这样的，这是天性，不是冷酷，我还是很善良，心被污垢蒙住了，妈妈都这样说。不要说我，我现在已经很好了么？因为妈妈吃了很多苦，她很害怕，才变得娇气，以前依赖爸爸，现在依赖我们，好在她子女多。我说，爸爸脾气大，只要妈妈不惹着他，他对她百依百顺，她坏了一只眼睛，还是很漂亮，又心灵手巧，论聪明才气，我们比不上她。妹妹说，我们比不上，她种花，做衣服，唱歌，见识，看天气，和人交往，都做得完美。与她住得越久，越觉得她可爱。我们说的话，她听见没有？听见了吧，希望她快乐。今天不能再给她吃巧克力了，她吃了四块还是五块？四块半，她让我吃了半块，幸好她没有高血压，糖尿病，我们也没有，血都正常的。好。我问妹妹，你撒不撒娇？她说，不爱撒娇，我比较理性，偶然撒一下。偶然咋个撒的？她说，就是那样，一般的撒娇，正常的撒娇。我说，也许你很复杂，所谓正常的撒娇，那就是不正常了。你又来歪理邪说，我说的正常撒娇，就是正常的，我本身是正常的一个人，和你不同。该我问你，你又是怎样撒娇的？我不会撒娇。不可能吧，每个女人都要撒娇，这是女人的天性，不然做个女人有什么趣？我说，是真的，我不会撒娇，我只爱发脾气。发脾气也是一种撒娇行为。听你的，这就算撒娇，我向对方发脾气，表达我的感情和需要。

你这种方式很特别，开始可能感觉很新鲜，但别人忍受不了多久，容易起变故，你会忍受不明原因的发脾气吗？我不能忍受，所以我愿意一个人过，作为单个的人，没有干涉。妹妹说，一个人也无所谓，很多男人也爱撒娇，只是没有女人表露得凶，只好忍住了。如果男女双方，先撒娇的是男人，女人也就不撒娇了，形成一个习惯。有很多家庭，女人计划安排，安装，修理家具，男人做饭，洗衣服，也很和谐的。我说，啊，你家就是如此的吧？妹妹笑，反正我会修理安装家具，柜子买回来都是我安装，我也会煮饭，整理。那你是全才了。妹妹说，几乎是吧，我觉得自己还不错，遇到许多事情，不是随便放弃，我爱钻研一下，通了就好。还是与智商有关系，我一直认为你智商高，妈妈也不错，你们两个互相辉映，我们家里的宝藏，来，干一杯。我举起茶杯，和空气碰了一下。妹妹说，你又越说越邪乎了，什么观念经过你一放大，就不安全，高高地悬浮起，你人也是这样，也许是你的优点，不然如何是一个诗人，诗人总是要疯狂得多。我说，我们每次谈论到最后，从一个观念到另一个观念，从妈妈到我们身上，特别是我，都会进入一个怪圈，就是，我，是不正常的人，想法偏执，我觉得不公平。妹妹说,你给人就是这样的感觉,看事情像戴着墨镜,或总是反着的。你可能在暗示自己必须这样做。我说,我要想一下,暗示自己,这个有可能。

33

有些人暗示自己很可怜,特别是人生中遇到一些变故,她就做出可怜的语言和行为来,时间长久了,所有的人都会觉得她很可怜,要去照顾她,顺从她。有人,长期暗示自己,可恨和愤怒,她就会做出可恨的语言和行为,性情暴烈。一般是不会主动惹人的,不爱计较,不知道如何计较,也能忍。内心呢,爱多,可能又善良柔软,世间有这样的人。我说,我就是么?你不是,父亲才是那样的人。我是那种表里不一样的人,外表传统,温和,当然从不温和,内心反叛,冷酷。你就是那样的,妹妹说,冷酷,无情,世间就有这样的人,妈妈也是。

她生病,是因为运动过多,造成心脏负担重,大脑供血不足,头晕,眩晕,天旋地转,她就暗示自己不能动,尤其大脑不能转动，害怕再次发作，她控制不了，危及生命，她就是这样暗示自己的，怕死去。一只蜜蜂飞到她身边，她都不敢挥臂赶走它，以前她可以亲自到蜂巢里取蜂蜜来吃的，蜜蜂蜇她也不怕。我说，有暗示，也不完全如此，有些和经历，经验有关。比如妈妈这种，她之前经历了生死关，她觉得是，生命不受她控制了，任意乱飞舞，飞出她的躯体，意识，她毫无抵抗力，而后又平复下来，死里逃生，我认为她早上生病的感受就是这样，非常可怕。她不暗示自己都不可能。那，有些人，说自己是上帝，孔子，是总统，公司总裁，等等，而他不过是一个穷人，乞讨，或在工厂里打工，或被人带入传销窝里，突然一天，他有这样的观念，坚信不移。感觉自己是公司总裁的最多，有豪车，美女，豪宅，现在市场上都宣传这个嘛，奋斗，向着钱的方向，一般男性多些。我说，他这个就算有病了，精神病学叫夸大妄想。不医治可以么？自行逆转。不医治，他就会乱整，到处跑，极少吃饭，消瘦，衣衫褴褛，就像街头的疯子。那就给他医治。妹妹说，你听过传销课没有？我说去听过，你呢？她说没有。我去过现场，他们演讲，推销产品，一辆豪车停在会场前面，说你们一个月就

131

可以拥有。我也相信。但是，他们说掏钱买产品，我就不想干了，我很喜欢钱，怎可以花钱买他们的。同事带去听过两次，都一样的说法，让你疯狂，和夸大妄想很像，有人因此疯癫了。妹妹说，那是被洗脑了，变傻瓜了。说这些，暗示，疯狂，可怕的传销，感觉无聊得很，不爽。说帝王还舒服些，唱京剧还舒服些。你是喜欢虚妄，理论上，玩耍的，无实用价值的东西。妹妹说，谈论这些，才感觉愉悦，谈论吃的也好，做菜，谈论机器人，月亮，星空，水，机械的，世界上我们不可知的东西，脑袋都会变得活跃，身体被理想化，这些有实用价值。我说，我可以谈论，粗鄙的，暴力的，丑陋的，恶，疯癫，贫穷，太美好的人（世间有完全美好的人）我都见过。那你的经历复杂。我主观上也不想去看到，只是年轻，耍兴大，想混时间，大家一起吃喝玩乐，疲倦了，回家各自睡觉。第二天又聚拢在一起耍，有引力。也不算朋友，但是怪异地很亲密，我心里没一次想，这些是什么样的人，从不工作（我是要工作的）每天游荡，他们在干什么坏事？现在想，他们真干了坏事。他们也谈论许多坏的事情，别人干的，我听着，像听故事一样，过后也不去想，其实都是真实发生了的。妹妹说，你身处其中而没有遭到袭击，算是很厉害的了。也是因为你天性里的冷酷无情，无知和无所畏惧，别人开启了自动避开你的模式，或你开启了自动规避险境的模式，别人可以欺骗你（就是让你赌博输钱），不能再有更大的伤害。你是赞美我么？妹妹说，我分析一下你的性情，像魔鬼式的。圣人不是？不会，圣人是很苦的，如果你要做圣人，你就要有做圣人的信念，像妄想症病人那样。你是什么？妹妹说，我就是一个无聊的人类，争强好胜，过点好生活，有家庭，读书，有时和人讨论一下京剧（主要和哥哥谈论），历史（你认为历史会消失），热爱家人，就这样。我说，你这种人才不简单，我们以前谈论过这些问题了，人和圣人魔鬼，他们其实是一个身体，就是我们这种有肌肉骨骼血液的身体。妹妹说，再次谈论还是有意思，反复谈论，它不会伤害我们的心智，对错也不管它。我们谈过复制的问题，你认为一切都是复制，我一直想问，被岔开了，我们很在乎的鬼，会不会复制，就是鬼复制鬼？我说，我没想过这个事情。我说的复制主要是有生命的身体，人体内部，不是人和人之间的互相复制。鬼嘛，我认为不会复制。为何不复制？为何不复制？我们觉得人死后会成为鬼，而鬼是要想尽方法再次投生，投生成人，还是动物，植物，那是要看各自的因缘造化。投生成人是最高级的。我的依据来自佛教。因为我相信这个。鬼，只是人死后一个短暂的身份，不会久留在那个时段。即使地狱里的鬼，受尽折磨，最终也要转变的。没有机会和必要复制。鬼自己都痛恨自己，毕竟是个鬼，一点好处都没有。妹妹说，万一有个极其厉害的鬼，它搞科学，要复制自己，又教其他鬼也如此做，那怎么办？我说，不会，没有这种规则，没有鬼细胞，生命，复制不成立。鬼必须转化，而不是复制。好吧，即便你胡说八道，我还是继续认为有道理，因为鬼没有人的生命，是假的生命，所以它不可能复制自己。对，鬼就是像焦炭，干柴一样，我们说的复制，主要指人，其次是动物植物。宇宙怎么就复制了星球？宇宙就是那样的机制，不然，你怎么解释？妹妹说，有大爆炸说。大爆炸也是一种说法，难道不是宇宙不停复制到一种极点，而发生的爆炸？然后再次复制，再次爆炸。这个就是你纯粹横扯的乱说了。我说，既然说到这些了，总得说下去，而你又不停地问我，我要回答你，你又不想听陈旧的东西。我把我的所想说出来，你听着就好了，不能见怪。本来是

不可说，不可说的。我们果然闭着嘴巴，不再说话。这一
点间隙，看电视，看她踮起脚擦拭门上的灰尘，还是不够
高。我想，她要不要一个凳子，更轻松些。妹妹给她端个
凳子，说，你站在凳子上面不是更好么？她没反驳，站上
去，轻易就摸到门的顶上。她说，好多灰尘。我给妹妹说，
刚才我也想到她需要一个凳子，你行动了。我们都看见她
吃力的样子，脚踮到最高也不行。

34

　　暂停一会在小镇里和妹妹妈妈的生活，对话，离开那
里的空间，时间，阳光，山水，度假的老年人。我回到另
外一个地方，所谓的大城市，写下我做的梦，我觉得很紧
急和有意思，长篇，生动，必须记录一下。我很爱做梦，
做梦是我生活的一部分，我连续六天，每天梦到一个小男
孩，也许是我儿子的小时候，我觉得对他不够热爱，算是
忏悔吧。
　　遗失一个手提袋的原因结果。

昨天，在梦中，遗失了一个手提袋。

我和朋友们相聚，商量开第一次全世界女诗人大会的事情，会议拖拉，意见总是不统一，时时争吵起来，永远商量无果，我似乎有事先离开，我感觉只有我一人在移动，他们都静止在原来的位置。分别后，有些资料放在手提袋里。走得慌张，好像在逃离，不知道哪天开始，我变成了这种性格，容易紧张，总是与人相处不自然，单方面的不自然，别人可能不这样的。还没见面，就在想，第一句话怎样说，第二句话又怎样说，看着别人的眼睛还是不看，不看不礼貌，看呢，脸红了又怎么办，无论陌生人熟人，我都是这样恼火。我离开会议后，单独一人就很自在了，快速地走路，有时看城市的建筑，商店，行人，被砍去枝叶的大树，或闷头走路，什么都不看。我有两个手提袋，一个大的，一个小的。小手提袋我背在身上，大的手提着。我翻越几栋大楼，上，下，走到城中村区域，这里的风景与城中心大不一样。我与开茶馆的老板娘打招呼，她家的房子是一个单元，笔直朝上的一栋，有六层楼，她在六楼的窗子旁边，观察一切，我没问她整天观察什么。又看见我的同事，她在楼下一条斜坡路上，她也住在这里的一栋房子里，她身边带着个三岁男孩，男孩和她一样的胖，她想制服他，他一直在跳跃，吼叫。我问她，你住在这里么？她说，在这出生长大的。她有三个孩子，两个男孩不正常，多动或自闭或有智力问题。有一个正常。我想是基因的问题，她不能再生孩子了，有可能再生一个不正常的孩子，不正常的孩子也没啥，主要是不好带，她太辛苦了，非常苦，一辈子耗费在孩子的生命上。离开城中村，下了一个长长的斜坡，走到纯粹的田坝上。田坎分开一块一块种满水稻的水田，方格子。有行人几队从田坎路上走，过一石桥，不大，十几米，走到我这边来。和我一起站住观看，青绿的秧苗，还没开始结籽。吸引我们的除了青绿色的秧苗，是有块稻田的中间，没水，搭了一个草棚，或大帐篷，一对老夫妻住在里面，妻子在唱一首什么歌曲，我们就站在那里听，评论，又来了很多人。等人都散去了，我也离去，过桥，依然是在田坎上走。很走了一阵，我突然发现我的手上是空的，一个手提袋没有了。我往回走，再次过桥，走到听歌的地方，稻田和草棚都在，前面的人散去了，又聚了一些新人在听。我没心思听歌，眼睛看地上，一片空白都不放过，没有找到，地上连一片大渣滓都没有。我放声问，谁看见我的手提袋？声音盖过唱歌的女人。我说，我的手提袋里没有钱，没有手机。我先以为手机一起掉了，在小包里翻找，手机放在小包里，我放心了，没有手机真的很慌，手机是人的第二居住地，吃喝付钱交际都在上面，手机才是人类的第二个外星球，特别是中国人的。手机在，我放心了。我还是大声喊话，手里像拿了一个扩散的话筒，声音传出去，听歌的人和在田坎上走路的人，都不回应我，他们都没有听到一样。我说，手提袋里没有钱，没有手机，只有一些证件，身份证，银行卡。我又怕卡里的钱丢失，我是个很爱钱的人。我反复说，声音从话筒里传出去，手提袋里没有现金，没有手机。只有证件，一些会议资料，几本诗集，诗集，我要去参加一个诗会，诗集也不能丢，我记不住里面的内容，我要朗诵。他们都不回应我，地上找不到，水稻田还是绿油油的，听歌的人走了一群，又来一群。我想是不是遗失在别的地方了，我原路返回，尽量和来时走的路一模一样，不要走错。我离开稻田，那些方格子，有段上坡路，走到城中村，又是一段小的上坡路，一边是楼房，一边是矮围墙。我看见，我的同事和她的小孩在路中间，她还在和小孩搏斗，小孩一直跳跃，我看见她，彼此也没说话，微笑，我的眼睛盯住地上。我走进楼房里，朝楼上爬，走到看见茶馆女人的位置，我就找不到路了，一栋房子挨着一栋房子，间距很近，有拐角，我穿不出去，本来，过了这栋房子，走到宽阔的马路上，走过五条宽阔的马路，就到城中心，朋友们聚会的楼房里。我找不到出口。开茶馆的女人，她站在一个窗台边上，我向她求助，说明我的事情。她同意帮助我。她说，得找到方位。她拿出一个天文望远镜似的工具，手提式，看起来很先进，朝远处看，又用量尺和笔，测量，一笔一笔画出具体的尺寸，有三角形，不规则形，方形，等等，还有悬崖。她让我看天文望远镜里，我看到一堵悬崖立在我面前，我说不对呀，我没走过。她说，这是月亮山。你这能看到月亮山？骗我吧。她说，你不信就算了，说是说不通的。她转动方位，她说再看，我看到熟悉的绿色，方格子，田坎路，水稻田，我说，我走过，还在那里听歌。望远镜里，有一群人站住，神态痴狂，也有人过桥。她再转动，我看见，稻田中央的草棚，我说再近一点，我想看那个唱歌的女人，和她的丈夫。她也转动一下，根本看不到草棚了，她说，看不到草棚里面。又转回听唱歌的人站立的地方，我就在那里站着听歌，可能无知觉的，放松，把包放在地上了。开茶馆的女人说，你还得走下去，到水田间，草棚，唱歌的方位找。我说，好的，谢谢你。也许我没有说谢谢，不再啰唆。心里有点怪罪她，在她的楼房周围，怎么突然冒出来这么多的楼房，连环相交，我找不到出口。我没感觉再有走路的动作，我和开茶馆的女人一起向下俯视，越过斜坡路，我的同事和她多动的孩子，我们看向远处，方格子稻田，细细的田坎路，把稻田分开，中间唱歌的草棚只是一个小点。

35

　　我给妹妹打电话，我暂时停止写对话生活，只停一天。我写了一个梦境。她说看到了，你抛弃我们，隐蔽在成都某一角落，做梦，连续做梦，你急忙想写下来，是怕搞忘记，你舍不得这个故事。我说是这样，写得很简短，只是顺着叙述，写完以后，我把它放入所有文字里，混在一起，不想单独成篇。妹妹说，你还可以写长，写成另一篇故事。我说不，又问她，妈妈怎样，完全好了么？说完全好了也可以，妈妈自己觉得不行，不如病之前的气势，自感是个废人，不敢独自走路，怕晕。主要是晕。晚上偶然发作，心跳很慢，全身发抖，坐在床上，不敢睡下去，怕，很怕。我在网上查了一下她的情况，给她吃两颗救心丸，慢慢平静，睡觉，能睡到早晨八点钟。我说，要得要得，吃救心丸有效，她发作起来，就给她吃两粒，同时，你安慰她，她会听的。妹妹说，我晓得。我说，辛苦你了，如果她再发作，你打电话给我或哥哥和妹妹们，我们一起来安慰她，你情绪上要松弛些，一个人面对，确实有点难过。妹妹说，知道知道，实在恼火，我不能应对，会与你们联系，我挂电话了，在街上走路，很吵闹，准备去买东西。我说好。

链接之前的场景。

我和妹妹看到整理房间的女人，她踮起脚，使尽全力也够不到门的顶端，妹妹给她端了一个凳子，她站上去，她说，轻松多了。凳子很稳当，不需要我们给她撑住。那是大门，灰尘特别多，她给我们看抹布，黢黑，她擦拭一遍后，下来，去厕所把抹布清洗干净，再站到凳子上，擦拭。妹妹说,你不用下来,说一声,我们帮你洗就可以。不行不行,你们出了钱的,我自己做就可以了。妹妹说,那么客气,我们也是穷苦人家出身呢。她笑说,这么脏,你们也洗不干净,我有办法,自己整理还要爽快些,客厅做完了,我就打整阳台,可能也很脏吧。妹妹说,阳台风吹日晒的,你大概整一下就行,主要是玻璃窗户,我自己擦拭后,总是花的。她说,方法不对,洗洁精擦拭一遍或两遍,再用干抹布擦,最后用卷纸擦,最好是报纸,一擦就干净明亮了。妹妹说,我看到有些人用擦玻璃器,好像很方便。玻璃一擦就明亮。整理房间的女人又笑,我不用那个,我喜欢用报纸,擦得干净些。我说,你的报纸放在哪里呢?她说在门口的口袋里。我没去看她的口袋,那不是,你每次要带很多报纸?你哪里来那么多?她说,我求人要的,物管,超市,我弟弟和爱人也帮我找,有些人也主动给我。妹妹问,几点了?我看看手机,我说,十一点过二十五分。该炒菜蒸饭了,你去看看炖的汤,水干没有,不然可惜,那么多野菌子放进去,炖煳了,味道就没那么鲜美。我说,没事的,水加得多,火很小,慢火炖老汤,要是干了,我们会闻到煳味。我们没有闻到煳味。妈妈，你的鼻子灵敏，闻到煳味了吗？她说没有。我说，那我去清理蔬菜。我走到厨房，把辣椒，苦瓜，黄瓜洗干净，水开得大，这是我的习惯，总觉得水开大点，洗得更快些，洗手，洗脸也如此。妹妹每次都提醒我，水，水，水，到处溅起，衣服都打湿了。我把水拧小，不让她听到哗哗哗，啰唆话语，她会直接站在我身边，看我怎么做事情，指点这样那样，非常不自在。反过来，我也会在别的事情上去干涉她，我们都有些自以为是，观点不一，甚至为国家大事互相吵起来，生气。我说，用辣椒炒苦瓜，黄瓜是炒还是凉拌？妹妹问妈妈，黄瓜是凉拌还是清炒？她说，清炒最香了。妈妈说的是她记忆中的菜，她喜欢吃的菜，就说，这是最好吃的了，也不管黄瓜还有许多种吃法，凉拌，炒肉，炖汤，等等。她让你也相信，只有清炒是唯一好吃的，清炒就是黄瓜加蒜片。但是，确实也好吃。我说，要得，就照她说的方法做。妹妹说，我来剥蒜和蒸饭，先蒸饭。她把电饭锅洗了，放上米再洗两遍，她说，这个电饭锅没有买好，蒸出来的饭难吃，以后换一个。我说，就你觉得不好吃，我和妈妈没意见。她说，辛辛苦苦煮了半天饭，很难吃，人生还有啥意思？我说，反正就你挑剔，小时候没有吃的，你还这样不吃那样不吃，肥肉不吃，小姐身体丫鬟命，我简直不能理解，肥肉都不吃，我觉得肥肉香得很，我现在也喜欢吃。你就是野蛮，吃饭做事都粗糙野蛮。她把饭蒸上后，坐在沙发上，拿个小刀剥蒜。我切好黄瓜，辣椒，分别用筐装好滤干。我切苦瓜，这个是当地的，据说没打农药，苦瓜呈浅青白色，细长。我说，这就是土苦瓜？那是当地人说的嘛，苦瓜也有许多品种，有胖而深色，营养应该是一样的。妹妹说，管他的，买到什么吃什么。我把苦瓜切开后，瓜瓤和籽是粉红色的，很好看。我尝了一个苦瓜籽，果然是甜的。我看过一个日本剧，男女主角住在乡下，房子上爬满苦瓜藤，结了苦瓜，他们站在阳台上，顺手就摘下一个苦瓜，和我买的一模一样。他们剥开苦瓜后，里面的瓜瓤瓜籽也是粉红色的，男主角说，是甜的，可以吃。女主角从城里搬过来的，她不信，男主角就吃一口，做出很甜蜜的表情，于是女主角也吃了，反正是甜的，男女主角是有点怪性格的人，不能如一般人一样。我因为想起这一段，自然也吃了一口，我说是甜的。我问她们要不要吃苦瓜籽，不难吃。她们说不吃，从来没有吃过苦瓜瓤，它是不能吃的。我又给她们讲日本电视剧的故事，特别强调，吃苦瓜瓢的是年轻的美女美男。她们还是说不吃，妈妈说，没有吃苦瓜瓢和籽的规矩。我问整理房间的女人，你们家吃不吃？她摇头，又笑，不吃那个，从没想过，苦瓜壳都吃不赢，老了就只好丢，烂在地里做肥料。我说，你没想过吃，你不知道，你弟弟，孩子，他们年轻，好奇，看见粉红色的瓜瓢，觉得甜美，也许尝试过呢？她笑，没有吃过，他们要是吃了，肯定要给我说，因为都是我种瓜，我在做饭。好吧，你们都没有吃过，可惜，很好吃的。我把苦瓜清理干净，切成片，装在筐筐里，特别留下一块瓜瓢，我站在厨房门口，手里拿着那块瓜瓢，一点一点吃，我说好好吃，甘甜。你们真的不吃么？她们还是说，不吃，不吃。妹妹说，你好可笑，总是做些出格的事，吃苦瓜瓢有啥不得了。她这样说，我觉得很没趣，把苦瓜瓢扔垃圾桶里面，它好像立刻就变色，发黑，暗黄。我说，不吃它了，我没有炒肉菜。妹妹说，菌汤里不是有猪肉和鸡么？

36

菌汤里炖的猪肉和鸡，也够我们吃的了，一顿肯定还吃不完。吃不完嘛，晚上我们下面条吃，菌汤面，不知道有多么的鲜，我说，在饭馆里吃不到这个味，没有那么好和那么多的菌子。你中午就在这里将就吃饭，妹妹给打扫房间的女人说，她说好，回答很爽快。喜欢她这样的，不用三请四请，忸怩半天，最后还是遵从。那是老年人，妈妈那辈人的观点了，必须邀请几次，心里早就答应了，不这样不成体统。在家里吃个饭，也要先说，你请呀，对方又说，你请呀，请来请去，菜都冷了。

整理房间的女人站在凳子上，把门挡住了。她说，你找谁？她又回头来给我们说，门口有个人来问话。我和妹妹同时走到门口，门外有两个人，一男一女。妹妹热情地问，你们找谁？整理房间的女人把门口挡住了，很不方便，她干脆走到门外去。我则在门内。那一男一女，有五十多岁，或六十多岁（这里就是老年人多），他们抬了一个大纸箱子上来，放在门口。妹妹又问，你们做啥子的？女人上来说话，男的面带笑容。女人说，我们卖毛衣和棉背心，以及棉毛衫裤子，袜子，这里冷，特别下雨后，想到有些人衣服没带够，老年人，热不得也冷不得。她说话时，男人把纸箱子打开，女人说，这些都是纯棉的衣服，男人一一展示。他们两个就像唱双簧的人，一个人说，一个人比画，那男的不说话。妹妹很想亲自用手去拿起每件东西看看细节。女人说，这是棉背心，均码的，无论胖瘦都可以穿。男的就把棉背心展开给妹妹看。女人说，有两个颜色，蓝色和红色。对于老年人，这是两种保险的颜色。我觉得很有趣，这一男一女卖东西的方式，直接简单，绝不啰唆浪费时间。女的说，我们上门直销，比商场里便宜很多，而且质量还好，你们也不用跑路。她说，看看这毛衣，多么柔和，穿在身上很舒服，可以贴身穿，我们自己都穿了一件。男的把毛衣展示完毕，也是蓝和红两个颜色。他们各自撩起外衣，果然一人穿了一件，女的说，我穿的蓝色，他穿的红色。妹妹说，你们有意思，男的穿红。女人说我们喜欢这样，我的脾气外向，他含蓄内敛。她继续说，还有裤子，棉毛裤，也是两个颜色，蓝和红，男的这回一次展示了两条棉毛裤，拉开裤子的缝隙让妹妹看，女人解说，做工很好的，百分之九十的棉，有点弹性，男女都可以穿。妹妹说，也是均码？女人解释，这里的东西都是均码，这样让大家都方便。妹妹眼睛凑拢了看，她说，看起来质量不错。女人说，箱子最底下是袜子。男的把袜子翻出来，一次拿了三双。妹妹自己说，袜子有三个颜色，蓝，黑，灰。妹妹说给我和整理房间的女人听，她抢了女人的话头。女人依然解释，袜子有三个颜色，黑，蓝，灰，都是全棉的，透气。男的把袜子展开，反正他不说话。妹妹说，我能不能摸一下？男的表情不太高兴。女的说，我们为了保证衣服的卫生和完整，一般是不让顾客过多拉扯的，都是好货，正规厂家的。妹妹说，我去把手洗干净了，摸摸看，我不拉扯，而且我也想买。女的犹豫下，看看男的眼神，男的眼睛看箱子里的货品，不看她。女的说，他不高兴。妹妹坚持要亲自摸下衣服才能确定买。整理房间的女人从高处发声，应该让她亲自上手，不然怎么买？那女的说，好吧，你要洗了手才行。妹妹进门来，我问，你真要洗手？她说当然，这是别人的规矩，看来他们对我已经破例了。我说，这两个人有洁癖的么？买他们衣物放心。妹妹洗完手，出门去，一一摸了箱子里的货品，男的让在一边，十分不爽快，又没法制止，谁叫他要卖货挣钱。妹妹确认所有的衣物都如女人说的那样好。遵守规则没有进行拉扯。她说,我们刚刚在看电视购物,觉得热闹有趣,你们卖东西的方式比电视上的有意思很多。女人说,我们主要是卖品质。妹妹说,质量的确不错。她又问了价格。整理房间的女人从高处也看清楚了全部细节,她停止做事,从凳子上下来,她说,这价格,我也想买。她也去洗干净手。妹妹说,你去问妈妈她想买啥。我到妈妈床前,她说,门口人很多么?那么吵闹。有两个卖衣服的人,妹妹问你想要什么,背心,毛衣,棉毛衫棉毛裤,袜子。她说,我想一下。约三十秒后她说,我不要袜子,也不要毛衣,我都带的有。我说,你要背心和棉毛衫裤吗?她说,质量怎样?我说很好的。她说就要背心和棉毛衫棉毛裤,有时这里真的很冷。我出去给妹妹说,妈妈要买一件背心和棉毛衫裤两套。妹妹给妈妈选了红色,她说我想买几双袜子,问我,你要买什么?我说袜子。我看她们选东西。整理房间的女人买得最多,几乎每样都买了,她说,质量和价格都不错,给她的爹妈,丈夫,弟弟,孩子都买了。卖东西的女人说,质量真的很好,我们是上门推销,没有其他费用,薄利多销。她们选一样,男的就拿个塑料袋,一样一

样装好。这本来就是他全部亲自做的事情。妹妹买了十双
袜子，我说是不是太多了，她说不多，我们三个人穿。两
个人选好东西，高兴得很。男的再次展示，女人拿个计算
器算账。妹妹说，你们一层一层上来，其他人都有买吗？
每层都有人买，只要是家里有人，好多家还没来住。这小
区有二十多栋房子，每栋五个单元，一个单元四家人，七
层楼高，你们都要走完么？女的说，当然要走完，每家每
户，反正时间很多。还有其他小区，镇上的客栈酒店，我
们都去问，时间多，慢慢走嘛。听口音，你们也不是本地
人？女的说，我们是重庆市来的，也在这买房避暑，顺便
做了这个生意。每天走路闲逛，也走烦躁了，就那么几条
路，几条街。妹妹说，你们才精灵呢，想出如此好方法，
我怎么没想到？你们是看不起这种求人的事情。我说，你
们在挣钱，哪里求人了，我们没想到这个点子，好后悔哟，
我也是超级爱钱的人。女人笑，你们有挣大钱的办法嘛，
不屑于这个蝇头小利。我心里说，有个屁的办法，天天窝
在这里，不是吃就是睡，出门尽是穿红戴绿的人，你看我
我看你。女人算好了账，妹妹和整理房间的女人给钱。她
花得多，五百多元。妹妹说，让你来打整房间，你花了那

么多钱。这个该花的，比镇上的商店便宜很多，质量还好。她们把袋子拿进屋里。卖东西的女人说，她很有头脑，知道买实用的东西。男的把纸箱子封好，他说，谢谢。我们三个都惊讶了，以为他不会说一个字。这是你们卖货的策略么？女的说话，男的不说。是的，两个人都说，反而乱了，他本来也不爱说话。妹妹大赞。他们再次说谢谢。又去敲别家的门，没人应。把箱子抬到电梯口。妹妹说，你们还要上去么？好多人都在楼顶上玩，晒太阳看风景。你们坐两层电梯，再走一层才行。他们说好的，非常感谢。我们看电梯来了，他们把箱子抬进电梯，人也进去，电梯门关上，完全看不见了，我们三个才收回目光，进屋。我心里还说再见，不知道她们两个说没有。整理房间的女人站到凳子上，继续打扫。她买了好几个口袋的衣物，放在另外一个凳子上。她很高兴，又哼起歌曲，就是先头我们让她唱的那一首，几乎每个人都会唱，但是我不会。我和妹妹把买的衣物拿进妈妈房间里，给她看。

37

妈妈早就在等待我们。她半坐在床上，转过头来看，眼睛放着光芒。她对穿的东西总是无比热情，穿给别人看，得到夸奖，不停口的夸奖，夸五次以上，她觉得无上荣光。我们把买的衣物放在她的床上。妹妹说，都是给你买的。她说，我看看要得不，大小，版型，做工，不行就去找他们退货。我说，要得，肯定要得。整理房间的女人给她全家人都买了。她是不是图便宜嘛？我说，便宜是一方面，主要还是质量真的好。她把棉毛衫裤，背心，都细细看清楚了，举起来对着太阳光又看，她说，太阳好像小了，有阴影。我把窗帘全部拉开，让阳光都照进来，我说多些不？多，很多了。她看了一阵，说，质量的确可以，背心要是有花的图案就更好了，光光一片红色，显得单调，要是红底青花就好看，青色，是所有颜色中最好看的颜色。你们小时候，我手工做了多少衣服，鞋子，还要绣花。过年之前，一人一套，全是我手工裁剪，缝制。从阴历十月一直做到年二十六，全家人都有。妹妹说，我们晓得，你坐在堂屋做衣服，穿针引线，像个菩萨一样，饭也少吃，我们都不敢走到你面前来烦恼你，怕做错了，耽搁时间，过年没有新衣服穿。一直低头，长年累月，缝啊缝，缝不完，你们总是不够穿，不够吃，为何有那么多娃儿，有时自己都搞糊涂了你们的出生时间，一年多两年就生一个，颈椎毛病，头晕病，就是这样落下的吧。妹妹说，辛苦你了，妈妈，我们也不知道你为何生这么多娃儿，想去问爸爸，他又早去世，早投胎了，说不定他已经二十多岁了，投生到国外某个好地方。她说，你们爸爸前生遭了太多罪，孩子多，世道艰险穷困，他爱这个家庭，爱七个孩子（我想，七个小神仙，七个外星人，七个罪人罢了），想尽各种方法让你们吃饱穿暖。愿望他这一生清闲自在，不被家庭孩子拖累，最好去极乐世界吧。她说，虽然我信天主，但你们爸爸是信佛的，我依他的信祝福他，夫妻一场啊。她说得伤感，我和妹妹心里酸酸的，跟着掉眼泪。妹妹说，爸爸在我们家里苦，反正他已经投生了，认不到我们，不是爸爸了，是另一个陌生人或陌生的阿修罗。妈妈说，我以后要去天国里，和上帝在一起，也会认不到你们。哈哈，那还早呢，天国的路漫长得很，你要走好久才到得了。不能抛开你的儿女，你要活到一百二十岁。她高兴起来，好吧，是你们想让我陪，我就陪你们嘛，到时不要嫌弃我。我说不会不会。她又拿起背心看，上面要有青色的花朵才最好看。妹妹说，现在只有这一种，没得挑，临时加冷的，不要那么讲究，以后再给你买，红色，也好啊，心就是红色，图个吉利，你不是刚才生病了么？为了你的心脏，穿上好得快。她听妹妹如此说，又高兴起来，我知道了，拿去过下水再穿。听你的，只要你开心。我把所有东西拿出去，我说，放到洗衣机里清洗？随便你吧，反正你总是用最懒的办法，不愿意亲自动手。妹妹说，开到轻柔那一档，加一点点洗衣液。我照她们说的，再次开动洗衣机，它再次开始工作。人自己不想做事情，想懒惰，耍，永远活下去，发明的所有东西都不能闲着，必须有用，给人劳动，真是他妈的厉害啊，崇拜人自己。我习惯性从阳台上朝楼下看。楼下几乎没人，那个人体模特儿还躺在地上，我想，没人捡走么？它躺在那里，现在看，也像一个人躺着。某人为何要扔它下来？是太烦恼它了吗，还是一个意外？总之没人来认领，对其负责，只好等打扫清洁的人把它捡走，扔进垃圾车里，最后彻底毁灭，如人死后一样。我回到妈妈身边，妈妈说，她想起床来，第一想上厕所，第二，要吃饭了，她不想在床上吃饭，吃不舒服，第三，她想洗漱，觉得自己刚才又吐又拉太脏了。我们帮她穿衣服，她说穿哪件，我们就给她找。妹妹说，你确定起来没问题？头不晕，心不慌乱了？她说，我自己的身体，我自己知道，你们小心点就好。我说，楼下几乎没人，那个人体模特儿还躺在地上。当然没人来认领，本来就是遭嫌弃扔了的，那人有点可恶。是个老年人吧？妹妹猜测。妈妈不同意，别什么都推到老年人身上，好像老了就是犯罪一样。好好好，是个年轻人扔的，年轻人无聊才会干这种事情。我们给她穿好衣服，扶她下床，我动作有点粗鲁，她说，轻点轻点嘛，碰到我脑壳了，要晕啦。我扶她的手立刻放轻柔一些，又怕太轻了她走不稳当，摔倒，我也不清楚，要多么轻对她才算合适。看了妹妹一眼，她扶着妈妈另一只胳臂，两只眼睛看前面的障碍物，好安全绕开。我们经过客厅，她看一眼电视，她说，还在看购物频道。妹妹说，没有看了，电视一直开起吧。整理房间的女人看见，阿姨，你起来了呀，病好了？说嗯，起来吃饭上厕所。

38

　　小心啊，你站那么高，凳子要放得稳当，你的双脚站在中间。我没问题，平时爬高下低习惯了，出来之前，再高的山，树，我每天都会去走一趟，采药，挖菌子，然后走路到镇上卖了挣钱。有时也摆在公路边上，过路的车辆会停下购买，城里人好稀奇了，活鲜鲜的野生菌子。当天采撷，当天必须卖完，不然就不值钱了。妈妈说，你天天活动着，筋骨柔软。我年轻时候比你还灵敏，黄桶那么粗的树，几下就爬到树巅巅上去。树巅上还有一个鸟窝，有时窝里有几个蛋，大鸟不在家，我偷偷拿走几个，揣在衣服口袋里，一溜下树来，蛋却打烂了。有时窝里是新孵的小鸟，皮肤透明，血都看得清楚，叽叽叽叽叫，我可不敢动它们，大鸟就在窝边守着，你一伸手去摸，鸟就凶狠地啄你，把你啄流血。我看几眼，又看远处的山，好奇心一过，身体贴着树干溜下来，心里觉得苦闷，总之是不快乐，到别的山路上去乱走一阵，碰不到一个人，偶尔看见尼姑也在路上走，背一个土布口袋，穿的也是土布衣服，和尚领。我站住，等她走到我面前，她走了很久才走到我面前，她说，你好久也来出家，到庙子里，我们好做个伴。那时她的师父已经死了，她也就二十岁左右，脸上皮肤绷得紧紧的，黑皮肤，五官很好看，眼睛清明，说话细声细语，带笑容。我说，出家，我妈同意才行，她说我还小，要再等几年。你口袋里装的啥？我就伸手去摸。她说是讨的吃食，你想看我把口袋打开。她把口袋从肩膀上除下，我们坐在路边上，她打开口袋，里面的东西就露出来，我说还有肉啊，她说是的。有一家人生孩子做满月，是个男孩，请我去念了经，他们给我一份蒸肉，你吃不吃？给你吃两片。我说要吃。我就拿了两片肥肉放在嘴里，还说，好香哦。要是生个女孩就不会做满月酒，也不会请你去念经，还要遭嫌弃，我就是，我妈巴不得我死了才好。她说，是的，男孩总是金贵，邻村有家人，男孩没有看护好，掉到粪坑里淹死，女人痛苦得受不了，也去跳悬崖，摔死了，他们家景不错，有一百多亩地，五六间房子，留下两个女孩，小的才六岁。他家请了和尚道士做法事，也请了我去帮忙。母子都死了，房子上都是悲哀的空气。法事整整做了七天。我听说过，你在那里待了七天，光念经不睡觉么？要睡觉，坐在椅子上睡。人太多，川流不息的，我还

帮着洗碗，扫地。两个女孩突然没有了兄弟，和妈妈。我
也没有父亲，比她们好点，我还没生下来他就死了，反正
没有见过，大家都苦得很。所以都来出家嘛，虽然也苦，
总要简单一些。那你平日干啥，晚上？念经。念完经呢？
织布。织完布呢？做鞋，做衣服，帮人做鞋，做衣服。然
后呢？念经，上香，磕头。然后呢？睡觉。看见过佛菩萨
没有？没有，从来没有。你一个人害怕不，鬼怪那些？不
害怕，出家人是不会害怕鬼怪的，它们都归佛菩萨管。那
还有意思，我就害怕鬼。所以，你快点出家，就不害怕了，
人还要可怕些，男人。我把肉吃完了，满嘴的香。冷肉你
也敢吃。好吃，我不怕冷。我吃完肉，看她的袋子里还有
玉米，红薯，面粉，高粱米，干豌豆，一小桶油，都是吃
的。我说，你背起来好重吧。她说，不觉得重，这要吃一
个月。你一个月后才会到村子里来？不一定，如果有人请
我就会出来。她拴好口袋，背在身上，我要走了，还得翻
两个山口，天黑了高一脚低一脚不好走路，你最好快点做
决定，我也好有个伴，觉得安全些。我说好嘛，你慢慢走。
她一个人朝山上走去，晚霞照着她，满身金黄颜色，我都
看不清楚了。我横穿几块地，太阳一落山，露水起来，光

脚板走在地上，凉意从下传到身上，我还是混到天黑了才回家。想起那尼姑，一身灰粗布衫裤，她自己纺织的，自己裁剪缝制，光脚穿一双青布鞋，烂了几个小洞，我以后就会像她那样穿扮了，至少不怕鬼。我把脚踩在青草上，还有余温，很舒服，回家也没多大惊喜，没好吃的东西，或根本没有晚饭吃，屋里屋外漆黑，只有早早睡觉，天刚亮就会起来干活。妹妹说，八十年前的事情，你还记得清楚。在山村里的生活，可能全世界都是一样，山，水，晚霞，朝霞，冰，雪，雨，月亮，星空，许多年都不会变化，妈妈你的经历，我们也是那样过的，感觉一样，怕鬼也是。农村小孩都怕鬼，只是没有出家那一段（我说，很羡慕你有出家那个念头，我少女时候怎么没？说明我是笨人，愚笨）。妹妹继续说，爬山爬树，干农活，到晚上山村就漆黑。有月亮星星的晚上，从每月初五到十几头，我们就多玩一下，朝天上看，月亮里的山，树，兔子，人，好像都看得清楚。我说，大月亮，满天星星，真的很壮观，而且，我们每个月都看得到，人又渺小得很，站在地上，天那么高，远，深，颜色丰富，非常明亮，一颗流星突然划过，我们知道那是流星。心里感觉到某种伟大壮观或浪漫，快乐，反正就是不一样，我也说不清楚，现在还存有那种印象，虽然变得淡漠了，就是美丽，不一般，现在大家普遍爱说的，星空，星际，宇宙。

这屋里的人，心里都美好了一次，一瞬间。电视里的购物频道声音被屏蔽后，再次传到我们耳朵里。我们还扶着妈妈，经过客厅，过道，另一间卧室，我们扶她到了厕所，她坐在马桶上。我走出来，妹妹立在她身边。她说，你也出去，我好了再喊你们。妹妹走出来。我们站在客厅看电视等着她。整理房间的女人说，大门做干净了，我去打整阳台。她从凳子上下来。那门，被擦得发亮。我伸手去摸，光滑圆润。我说，做得好，赞叹她。她把凳子还原，走到阳台上。阳台上除了洗衣机，还有其他杂物，妹妹说，要帮忙么？她把几个筐子移到客厅里。阳台就空了起来。女人站在窗台上开始擦玻璃。窗台有点宽阔，还是感觉危险，我们眼睛都盯住她。她的脚，别站在太外边。她自己可能觉得十分稳当。还说话，玻璃没有好脏，这里灰尘少。妹妹说，你擦一下就下来吧，看起来太危险。她眼睛朝楼下看，说，我也看到那个人体模特儿，确实像个真人一样躺在地上。妹妹看她分神谈笑，就去扶着她的腿，我也去，或想拉她下来。反复说，不擦了，不擦了，这不是在一棵大树上，有许多枝丫挡住你，这是水泥楼房，下去就没命了。妹妹越想越害怕，声音里发抖，焦虑，命令她下来，口气严厉，命令几次。她说，好吧，我下来，哪有那么可怕，没有擦得很干净哟。可以了，很好，你把墙和地上多花点力气整理，是一样的。女人还在笑谈我们的胆小害怕。我说，凡事小心为妙，妈妈只是生个病都麻烦得很，需要几个人来帮助她。她还说，如果那个人体模特儿没人要，一会我把它捡走，我们舞蹈队说不定有用，跳舞时放在旁边，挂个衣服也好。我说，随便你吧。

39

可能不太好搬，它有那么长，高，宽，你怎样都拿不走，你本身个子也不大，力气小。我可以喊摩托车帮我运走，我认识镇上开摩托车的人。这样也可以，你可以试试，最好用三轮车，拉货的那种三轮，放在上面就特别合适，平平整整，不会担心掉落。妹妹说，我去买药时，就是物

管处的人开摩托车载我去的，来回非常快捷。同时喊了整
理房间的女人来帮忙，不然当时妈妈发病以后，我整不好
的，你又在街上，迷路了，又看人杀蛇。我说，你坐摩托
车去买药，是好的办法，你是单个的人，灵活多变。这是
一个不能随意弯曲的人体模特儿，硬枝枝的，摩托车放不
下，最佳运送工具就是货三轮，电动的，人力的均好。整
理房间的女人说，好吧，我也认识开货三轮的人，超市里
就有，我喊我弟弟来拉。超市老板同意么，让你弟弟用他
的三轮车？会同意，我们沾一点亲戚。既然是亲戚，那就
没有问题了。你最好给他打一个电话，预约一下，不然，
当你想用时，三轮车又没有空，至少打个招呼。她说，表
情有点懵，我要打电话？现在就打吧，一会做事情就忘记
了。她只好去洗手，当着我们拿出电话来打。妹妹说，你
管得太宽，她只是说说要把那个人体模特儿搬到舞蹈队里
去，一个想法，不一定要真的去做。你这样，强迫人家把
一个想法变成了事实。你刚才也是，过于担心，命令她从
窗台上下来。我们是不是太自以为是了？强硬，以为自己
很正确。我觉得是的。整理房间的女人给她弟弟打电话，
她说得很愉快，超市老板同意借三轮车。她给我们说，说

好了，三轮车一点五十五分来拉，我弟弟不会来，另外一个人专门开三轮车，电动的，我弟弟不会开，他还是学生。妹妹说，那就好。我心里又想，万一之后人体模特儿被人捡走了，她不是空欢喜了？我没说出来，估计妹妹也想到这一层，她说，到时不用三轮车就是了，她依然去跳她的舞，不损失什么。我们两个继续站着，盯住电视，等妈妈解完手喊。我说，你知道吧，在成都市有个文殊院，离我住的地方不远，我爱去那里喝茶，有太阳的天气，我在文殊院围墙外的茶铺，紧挨着围墙，一坐就是一下午，看来来往往的游人，游人很多。到下午六点左右，我结束喝茶，因为有点冷了。我走到文殊院里面，大门口有免费的香。我拿一炷香去大雄宝殿外的鼎炉点上，有时也许个愿。周围也有很多人，那个时间，大雄宝殿内开始晚课，和尚几乎都出来了，脸色青白，他们念经。游人站在外面看，我有时也站着看，光线暗下来，但很舒服，各种色彩，不觉得黑，有些人磕头。我知道成都有个文殊院，你也磕过头么？当然磕过，有时心里软弱恐慌，自行排解不了，任何人都不行，需要一种非人力的能量帮助，让我情绪顺畅，我也喜欢佛教。它的好处是，给了你很多规矩说教之后，又让你不要相信依靠它，一切都不存在，是你的幻觉，各人去修正自己的问题。妹妹说，是很奇特。她没迷进去。我上了香后，默然去庙里走一通，或上个厕所，拍些照片。文殊院后面有片很好的树林，松树，柏树，罗汉松，竹林都有，水池，水池里有乌龟，还有和尚住的房子，后院，看不清楚里面，花草树木更丰富，是幽静所在。我就去那里走，其他人，穿汉服的男女，在径上，做出各种姿势拍视频。我没啥兴趣看，汉服拖到地上，我觉得很不方便，至少整得脏兮兮的，好难洗。然后，天完全黑了，我出文殊院，那整条街叫文殊坊，都是仿古建筑，现在也是网红打卡地了。出文殊坊，走一段路，走得很累，再骑单车回家。你就想说这个？还是想请我们到文殊院去玩？妈妈可能不会进入，她不信佛家那一套，她只信上帝。我讲故事混时间，不能老是去关注整理房间的女人，她会烦我们。当然还有别的，就是关于人体模特儿，我也认识一个，在文殊院，叫西马棚街的口子上。有许多卖军用品和劳保用品的商店，我去文殊院时会经过那里，骑车，遇红灯我停下，眼睛就到处看，那些绿色军用品，胶鞋，毛巾，棉被……最靠路边那一家，有堵防火墙，墙角放了一个人体模特儿，男性外表。一眼就能看到，不知道什么原因放在那里，是被店家遗弃还是有意放在那里当着招牌吸引人。我开始并不在意，看一眼，骑车直行而过。但是，他立在那里三年，身体上搭了一截网状的绿色布片。赤脚，光头，眼神，你特别注意他时，眼神就有点凄迷了。不知道其他人发现没有，三年后，某一天，我过街时没有直走，拐过西马棚街上去，走到人体模特儿站立的墙角，墙上有消防箱子。他就立在那，眼睛朝着路口大街的方向，三年姿势一点没有变。头上脸上脚上，很脏了，全是灰尘泥土和树叶。我没去碰他，我害怕轻轻一碰，他就倒下了。我每次去文殊院都看他一眼，还拍了一些照片，在我的手机里，你要不要看？妹妹说，不看，你对那个人体模特儿产生了怜悯之情。我说有一点。放他的人可能把他忘记了。我估计不是挨着的那家店铺的老板放的，是关闭了店铺的人不做生意后，不知道如何处置，遗弃在墙角。因为三年前，军区那一带拆迁，有些店铺只好关闭。有些移到西马棚这个小街上来，继续卖军用品和劳保用品。所以就是这样认识那个人体模特儿。我以为他会永久立在那里，直到我也不在了，我看不见他，对我来说他就不存在，我是不会搬动他的。我陪妈妈来这里之前的一个月，五月底，成都天气很好，我骑车去文殊院经过那里时，那个人体模特儿不在了。我走近了看，墙和地面被清扫过。我又拍了几张照片，空墙角，放在手机里，你要不要看？有个对照嘛。妹妹说，不看，你难过失望么？人体模特儿有可能永久毁灭了。不难过，我不具体看到他的形象，他就影响不到我。我走到文殊坊逛了一圈商铺，太阳又好，游人多且乱。我仔细看人的表情动作，还没有那人体模特儿的生动，三年多，他被风吹日晒，遭人怜悯（我的），但是，他又必须忘我，不在那个处境里，就是这些，让一个塑料模特儿不一样了。我以后每次去文殊院喝茶，不去那个墙角看了，印象还在脑袋里，没有难受牵挂之类，怜悯之情也没有了。整理房间的女人，她想要楼下那个人体模特儿，把它作为一个物件来用是正确的。你说出来就好了，当一个故事。人体模特儿的一切情绪，都是你赋予他的，你觉得他被遗弃后，还坚持立在那里，时间那么久，你觉得悔恨，你也有错。我们还在盯住电视，妹妹说，电视上有灰，从阳台吹进来的。她拿了一张纸去擦掉。顺便看电视后面，没有一点灰，很干净。她给整理房间的女人说，你做得好。我情绪还是有点郁闷，不等妹妹开口，点了一支烟，到阳台上朝远处看。天上有阴影的云在聚集，有一坨特别大，乌，垂在中间，天又要变了么？要下雨。

40

　　天边发亮，头顶乌云聚集，是要下雨的征兆。我抽着烟，朝楼下和远处看，看不了多远。楼下依然没有几个人行走。妹妹说，中午时候，人都回家煮饭，吃饭，然后睡午觉，一直到两点以后才会热闹起来。那个人体模特儿不会有人搬走，是你的了。整理房间的女人说，如果我费力气搬到舞蹈队，本来是讨好大家的，她们会不会反而不高兴，放置在哪里呢？我们没有房间，每次都是在露天坝，场所还不固定。你们在哪里跳舞，就把模特儿放在那里，也是一道风景。那我们每次都要搬动它，太麻烦了，又不好搬，难道每次都用三轮车？不是，你们总有一个比较固定的地方，平时就放在那里。她说，在镇上的广场跳得最多，广场下面还有一个大湖，有仿古亭子，回廊，天气好在露天跳，下雨就在亭子里。平时把模特儿放在亭子里，不用搬来搬去的，它也不会遭到风吹日晒被损伤。就这样好。整理房间的女人很高兴，她们都不会有意见了。我说，你给她们安排得如此周到，她们只好同意。妈妈在喊了。我扔掉没抽完的烟头。我和妹妹一起到厕所去。怎样？她说，喊了好几声才听到，你们在说啥子，那么专注。给我拿块小毛巾来，我想擦一下屁股，肚子，感觉太脏了。我去她床上拿一块毛巾，妹妹把热水调到合适的温度，问她，你自己擦还是我们帮你？她说自己擦，你们会嫌脏。她坐在一个宽凳子上，用热毛巾慢慢擦拭，也不说话。妹妹拿着水龙头，我随时接着她擦拭过的毛巾清洗后递给她，她仔细地擦拭。我说，每次去文殊院喝茶，我还会经过一个玲珑宾馆。宾馆就叫玲珑宾馆么？是的。名字好特异，像个人名，可能老板或老板娘就叫玲珑，应该是个女人的名字。玲珑宾馆在大街上一群老房子中间，不高，有五层楼吧，开了有二十多年，我每次路过，从来没有进去看看，一次都没有。里面啥样子，完全无知。更别说去住一天。我有住的地方，没道理自己在一个城市里有家有室（有客厅厨房卧室厕所）而跑去住在宾馆里。即使一个人突发奇想，特别想去住在宾馆里，她到宾馆住下，也会感觉很不自在，想家，家里的水，电关好没有，门，窗关好没有，又想家里的床，牙膏牙刷，杯子，灯光，衣服。想这么多，哪里睡得着，半夜爬起来，退了房间，回到自己家里去。

是玲珑二字吸引了我。你晓得不？我有个初中男同学名字就叫汪玲珑，他长啥样子我完全没有印象，甚至我也不记得有汪玲珑这个同学，直到某天他千里迢迢找到我，说是非常想见我。我说好的，既然是老同学那就见嘛。他高中毕业后去新疆当兵（十四岁到十七岁左右，我们从此时开始互相没有任何音讯），考上军事院校，从士兵变为军官，然后娶了师长的女儿做太太，十几年以后，他自己也当了师长，他到成都开会，还是休假，突然想起找我这个人玩。他用了几个方法才找到我，因为我以前搬了家也不告诉别人，手机还经常换号码，玩消失好没意思。他请我吃饭喝酒。见面后，我完全不记得他，一个陌生人，大高个儿站在面前。他说他叫汪玲珑，我们同过桌子读书，初中时我老欺负他，打得他满学校跑，把他的书包从二楼的教室扔到一楼花坛里，他跑下楼去，弯腰在花坛里一本一本找他的书和作业本，一支钢笔，他怎样都找不到了，蹲在那里哭，哭了一个小时。我说不记得，我的天性是很野蛮，但我不记得打的是他。他说，哭了一个小时，哭饿了，他晕倒在花坛边上。后来他的父母来学校，和老师一起，把他送到医院里检查，医生说，不严重，主要是他正在长个子，营养不够，造成低血糖，就晕倒了。给他喝了一碗糖开水，吃了几块馒头，他马上恢复正常。汪玲珑说，他没有把我打他和扔他书包的事情告诉任何一个人。我说，你人品很好的。你恨我么？他说有一点纠结，被女同学打成那样子。

　　他请我吃大餐，喝最贵的酒。我就问他新疆是啥样，我没去过，师长的女儿怎么样。他说师长的女儿就是师长的女儿那样，现在是师长的老婆。我说，你当了师长还要当军长吧，他说是。我们喝了不少酒。吃完饭，我就回家了，我有点醉，怕失态，坚决不让师长送，他说让勤务兵送，我还是不同意，我说想独自骑自行车回去。回家后，我洗澡时还推测，汪玲珑当了军长就当司令，当了司令当总司令，过后又当什么，说不定就很老了，一枝独秀，冷冷清清，虽然有很多方便好处，但我觉得这是累死人的事情，不如在江湖上混来去自在，而我又很喜欢钱，钱多更自在，小人爱财，取之无道。就是平民挣钱，不知道有哪种好方法，我没想多久，瞌睡来了。我始终不能把这个当师长的汪玲珑同学和念书时被我打的汪玲珑同学联系在一起。妹妹说，初中时的学生，还没怎么发育，特别男生都一样的，又瘦又个小，傻瓜样到处惹事，想和女同学说话，又不知道咋个开始。是的，汪玲珑可能就是如此，惹我烦恼得很，我才打他的。后来怎样，有继续联系？吃过饭后，他又约了几次吃饭，有一次在红宫饭店，这名字也很特别吧。

有点怀旧，有声色那个的意思。主要有个宫字，有个红字。不是你想的那么样，这是西藏人开的，恰好西藏有个红宫，取了这个名字，比西藏饭店好听嘛。是的，红宫听起来很吉祥的。红宫饭店离玲珑宾馆和文殊院都不远，一条大街上，好比这里是红宫，过两个红绿灯路口是玲珑宾馆，它们的街对面就是文殊坊街。每次我从家里到文殊院喝茶，最先经过红宫，然后是玲珑宾馆，最后到文殊坊街和文殊院。回来，当然是相反的次序。如果，我经过红宫饭店后，在第一个路口拐到西马棚街上，被那个消失的人体模特儿吸引，我就不会走到玲珑宾馆那里去文殊院。

我从西马棚街进入，走一截很小的街，可以看到文殊院的围墙和翘起的房子。挨着文殊院的围墙后边，还有一个小小的娘娘庙，我也在那里喝过茶，喝茶的都是老年人。这里是文殊院的后门，当然没有门，只有墙。一条小街，叫福善巷。走完福善巷，就是文殊坊街，商业的，人多的，一切都热闹起来，文殊院就在其中，有深红色围墙（无法形容那种红，深粉红）。我就在靠福善巷那边的围墙下喝茶，墙上有植物，开各色花，太阳一照，很艳丽的。你说得如此天马行空，我无法想象地理环境是怎样的，亲自去了才明白。

　　我自己的脑袋里清楚得很，我还带妈妈去过，在娘娘庙喝过茶，她不喜欢烧香磕头，坐一会就喊回去。她信上帝嘛，觉得其他都是迷信的东西。你光顾着说话，快点给我搓毛巾，妈妈喊。我说好。把毛巾在水龙头下搓干净递给她。我说，妈妈，我带你走过红宫饭店，你记得不？我哪里记得，你说怎么走就怎么走，我不看路的。红宫饭店旁边有个卖彩票的点，我们去买彩票，你自己掏钱买了一注，满心希望会中彩的，你可能都算好了如何分配钱，给哪个多少，给哪个又多少。我每次都算好了的，五百万怎样分配，一千万又怎样分配。第一要买个好房子，住得舒服。第二就没有了，我对出国游玩不太感兴趣，懒得行动，所以就想住舒适。她说，结果没中，水中月啊，都是骗人的把戏，比水中月还不真实，彻底的幻觉，一张无用的纸。我说，花一点钱，买个未来嘛，不然穷人一点理想都没有了。本来是有希望的，像国外那样搞彩票，可以中一个亿，穷人多有希望的。据说有些贪腐彩票金，也根本中不了。头等奖总是难得很的。比上天还难。哈哈。我后来也不买了。伤心。

红宫饭店里面没那么高级奢华。我只去了一次，和汪玲珑同学，还有他的一些朋友，西藏的军人成都的军人等等。后来没有理由再去了。汪玲珑同学回新疆去，打过几回电话，热情不高，我又繁忙得很，后来再次失去联系。你真的有汪玲珑这个同学么？妈妈你记得她的同学里有汪玲珑这个名字？不记得，她的同学她自己都无印象，我哪里记得。无所谓，我说有，你们相信有就是了。西藏的军人和成都的军人有什么不同吗？没有什么不同，都是军人。实在要说不同的，是肤色，西藏海拔高晒太阳多，肤色偏黑红色。而成都的军人相对阳光照射少，就白净些。当然也不绝对。没有绝对的事情。

红宫饭店旁边，有许多小街小巷，小小的店铺。一个卖宁夏枸杞的店，装饰成红黄二色，它临街的一面玻璃墙，全部用枸杞和银耳装饰，非常气派，老远就能看到，比红宫饭店还打眼。就想去店里看看。我就走进去过好几次。里面东西繁多，卖各种山珍野味，细细地看几遍后，真的要花不少钱买。

41

我每次都要看很久，才看得清楚那些东西。有些我不认识，问老板是什么。她还不怎样耐烦，坐在玻璃柜边，脸朝外面看街上的行人，看人吵架，也不愿意回答顾客的提问。街上真的有人吵架么？天天有，人吵架和打架不是很正常的么？我说过，那条街是条小街，行人却不少。又有电瓶车，三轮车，自行车。好比就有个骑三轮车的人，走得非常慢，几乎停止不动，他的三轮车宽阔，占领小半边街道，后面的人就走不动，他才不管，把双臂横在三轮车把手上，低头翻看一本小人书，看得忘了前行。后面的人等待一会，骚乱起来，吼他快行。他仿佛没有听见，继续看他的书。两个中老年女人，气最多，走到他的前面，大声喊他快走，后面都堵死了。为什么是中老年女人，不是个年轻的人，或一个年轻貌美的大汉？年轻人嫌麻烦不想和他说话，耽误时间，就绕道而行，或低头看手机，手机里有比这个精彩的，等待路畅通。只好中老年女人上阵了。

他说，关你们屁事。两个女人一个给他一巴掌，一个抢了他的小人书，扔到店铺前的地砖上，还说，你个贱人，看什么烂书。老板本来在里面看，她从店铺里出来捡起小人书，她说，你们不要我要。当时，有人正在问她某种不认识的山珍，她一点都不想回答。可能问的人太多了，不识货又好奇，每一个东西都问，比如许多黑乎乎的叶子，骨头，乌龟壳。货品放在玻璃柜里，罐子里，木架子上，用塑料袋，锡纸，绸布包着，地上麻布袋里装的是木耳，各种山珍，主要是菇类。还有野蜂蜜，灵芝，红花，人参，西洋参，天麻，竹荪，阿胶，当归，黄芪，枸杞，松茸，红枣，我都买过，枸杞当归泡了二十斤酒。西洋参和阿胶送人，你猜，送给谁了？妹妹说，送给你妹妹，她还没吃呢。我说快吃吧，不然会放坏的。竹荪特好，肉质厚实，不熏硫黄，炖汤吃起来口感真舒服。比新鲜菌子怎样？哪个更鲜？味道不完全一样，理论上说，感觉新鲜菌子美味些，实际上，那些野生干货也不差。你就是说各有各的好嘛，妹妹说，野生新鲜菌子时间短，更珍贵，只有夏天住在山里才能吃得到，我们现在就是如此，山里有山里的好。我说是的，那山里人为何又爱朝城里跑？山里清苦，单调，特别是荒凉的大山，种不出东西，无钱用，没有出路，各种不方便，留不住人，房子到处都空起的。远看，修得很好的白色楼房，两三层，还有院坝，树木水果，被青山绿水围绕，漂亮，寂静，很久都没人烟。有些人家，一去不回，就永远留在城里。以后，这些人会不会又回来，过几十年，或重新分配土地？这个有可能，人的想法太多，善变，越来越善变，不长情，没有比人更复杂的物种了。目前看来是如此，只有人一枝独大，我们还没看到一个外星人来地球生活。也许有，外星人早就来了，就在我们身边，是我们无知，感觉不到。如果这样，有无外星人来都无所谓，就像机器人一样，接受，习惯了，也不恐惧，依然是一天一天过。妈妈说，操这些心干啥，吃饭挣钱就好，有人会管理的。怎么不操心，这些都在你身边发生，每天冲击你，忽视不了的，妹妹说，你可以不操心，你太老了，管理好你的身体就对。她说，我知道。我洗干净了。我和妹妹把她扶起来，穿好衣裤。她又漱口，对着镜子梳头，用一个夹子把额头上的头发别住。她说，生不得病，人一下就瘦了，脸色煞白。所以以后你要小心点，多吃米饭和肉，不要减肥，抵抗力低了就容易生病。妹妹问她，你是躺到床上去还是不去？她说坐沙发上就好，要吃饭了嘛。我们扶她在沙发坐下。给她搭了一条毯子。风又从阳台上吹进来，她说头上冷。我把帽子给她戴上。现在好了没有？她说好了。问她，看什么电视？她说，你们看什么我将就看。我转台到体育频道，黄金联赛已经完了，在播新闻，妹妹给她倒一杯热水，你想喝就喝，她说好。我问妹妹，你炒菜还是我炒？她说，你炒得不好吃，火候掌握不对，油放得多。那我不炒，我去楼上把铺盖毯子收回来，这天阴的，要下大雨，这里的天变化快。她说好。她到厨房，揭开炖汤的锅，香味扑鼻，她说，炖的好汤，这就是新鲜菌子的鲜味，香味还有点生涩，和干菌子的浓香区别很大。我们见过采菌子的人怎样到树林里去的，有一天下午，我们走路，走很远，妈妈没去，她累不下来的。顺着公路，我们几乎走到山的腹部了，看见路边有一辆摩托车停着，车旁没人。我们停下来看，妹妹说，这是采菌子的人骑的摩托车，扔在路边，人到山里头去了。我们看到树和荆棘密布中，有人走下去的痕迹，走到森林内部。妹妹说，从痕迹看，是两个人，荆棘被压倒的面积大，他们知道从这里进去，能采到最多最好的菌子。我们都同意她的想法。当时走路的人多，城里来的，都站住观看，猜测有没有野猪，獾，野兔，野鸡，蛇之类，用的是城里人的腔调说话。我说，我不敢去森林里，害怕迷路，我也不想采菌子。妹妹说，我也不敢，我比你还怕。我们又没到森林里走过。大家猜测他们要采多久，两个小时或四个小时。到五点过，或七点过，他们就在那一片找菌子，找到后也在那一片采，菌群。菌子要小心放置，有个竹背篼，很麻烦，菌子不能沾上泥土，弄得很脏，卖不了好的价钱。也不能走远，搞到天黑。即使本地人，也会迷路，森林里各种危险。七点前必须走出森林。我们也不能在路边等他们出来，才下午两点过。有些人想等，第一时间从采菌人手里买到最新鲜的菌子。就让他们等吧。当时一起走路的还有妹妹的丈夫，避暑房子是他们买的嘛。哥哥也来玩几天。我们想走到山顶上去，其实没有山顶，都是一个山连接一个山，两边山下的峡谷就是长江，看得到一点影子。还有人说，看到轮船了，在转弯处。我觉得是瞎说，我没看到。妹妹说，我也没看到。

42

妈妈坐在沙发上，她也没认真看电视。她看整理房间的女人做事情。她说，一般的人我看不上他们做的，动作粗鲁。但你做得细致，我看得起你的动作。她夸奖她。她只好说，谢谢谢谢。妹妹说，我开始炒菜了。你炒嘛，大家也饿了。我到顶楼上去把铺盖被单收回来。我走到门口，风刮大了，要把大门吹得关上。我穿鞋子，给整理房间的女人说，你把阳台的推拉门关上一半，风直吹进来。大门和阳台门在一条直线上。她说要得，关上一半，门有点紧张，发出嗞嗞嗞的声音，但又不像这样的，我形容不准确，或没有这几个字可以用。就是推拉门的紧张。妈妈没立即说话，她喝了一口水。我太饿了，刚才黄胆水都吐出来。我穿好鞋子，朝门外走，上楼，感觉冷，我的衣服也穿少了，只有一件衬衣，一条牛仔裤，天一冷抵挡不了寒气。我走到顶楼上，人少了很多，有一些说话的声音，没有之前的兴奋。有些家庭也在收衣服，收地上的辣椒和菌子。太阳还有一点余热，远处天边是亮的。头上乌云看得更清楚，有几大坨，离楼顶最近的那团，起码有上千吨，它们最后都会聚在一起，天就要下雨了。我都不认识那些人，也没打招呼。帐篷还在，那家人没有来收回去，等到晚上不下雨了，雨来得快去得快，一样可以睡在里面，雨过天晴，夜空清晰漂亮。我收铺盖被子时，一个人粗糙叠起来，不规整。有个老年人说，我来帮你吧。我说，没事，谢谢你。我看她脸，就是我妈妈新认识的朋友，那一对走路时手牵手的夫妻。老头站在旁边，他朝天上看。看乌云。他的手上提了几个塑料口袋，里面装了衣服之类。我和妈妈的女性朋友一人拿着被单一头折叠成一个小方块，十分整齐。我说，你们也买了衣服么？她说是的，一人买了一套棉毛衫裤，又买了两件背心，这里天变得快，这是必需品。

我说我都有点冷，也该买件背心。不知道他们还来不来？可能不会返回的。我只好到镇上商店去买一件，就是要贵些。我们折叠好被单，我抱在胸口上，我纠结要不要请他们去家里吃饭，他们帮了我忙，又是妈妈的好朋友（妈妈单方面认为是好朋友），又是我们老家的人。我纠结几秒钟，没有发出邀请，到家里要应对，实在感觉困难。我说谢谢您，阿姨，要下雨了。你们真是好恩爱的老夫妻，我妈妈羡慕得不得了，我爸爸去世得早。我又提到我爸爸，为何呢？担心要多出来许多话，后悔得很。好在那阿姨不是多话的人，他们夫妻是太恩爱，在如此距离间分离一会都不自在。她牵着老头的胳臂，说，我们要回去煮饭吃了，再见哈，妹妹（重庆这里的习惯）。我说好，下次再到家里来玩，等我妈妈身体好些。他们走到楼梯口，下楼去。我真不希望他们到家里来玩，我不该说这一句话，我实在难以应对，特别是妹妹回重庆去上班，剩下我和妈妈，她也紧张，有时紧张得发抖。我没有立即下楼去，我也和其他人一样看天空，有些老年人不怕风雨，小孩子也不怕，他们很欢迎雨，说要等雨下下来后，淋在头上，就站在楼顶的雨里，看远处是怎样的，雨从哪里最先下。他们说，风真大呀，头发吹得立起来，脸上的肉吹歪了。那是因为老年人肉是松弛的，小孩子就不会，结实得吹不起一点点涟漪，半大的小孩，什么都不怕，天塌下来，地陷下去，他们都撑得住，这是最厉害的一种人，你看他们飞跑，跳跃。年轻人没在楼顶吗？没有。他们对风雨不感兴趣，耻笑这些事情。总是焦虑疲乏得很，一起风，他们就下楼去。

43

　　我没和他们说话，都被风吹得脸色发青，我非常冷，抱着被单，坚持站在那里。看小孩子奔跑。我可以离开的，就因为起了一个念头，要看看雨最先从哪里下来的，或远处的风景，我就不走。太冷，已经有两个老年人受不了，缩着身体下楼去，他们说冷得受不了了。还有四五个人在。所谓雨中漫步，是我从来没有做过的事情，下小雨时我满脸痛苦飞跑回家。下大雨，我躲在一个能遮雨的地方，商场，或立交桥下，有时大雨下得太久，要等一个多小时。我等到雨停住才行动。大雨中也有人飞奔，闪电跟着他们追，看着刺激又危险，你是阻止不了的，也有人被闪电击中倒下。一下雨，立交桥下卖雨具的人自己穿着雨衣，摆好摊子，站在雨中很大一团，她希望这世界永远下雨吧，没有阴天和晴天。有时看到下雨了，她在立交桥下一角摆好摊子，自己穿上雨衣，可是雨又停住，她把摊子收回去，等她把摊子收回去（一辆可以推的车子），雨又下，她把车子推出来，摆好七八分钟，雨停住，出太阳了。老天爷戏耍她一样，反复如此，她开始几回还骂，乱骂，一人嘟嘟嘟嘟的，骂了好几年，天依然经常如此雨晴不定，她醒悟过来，她要靠这个天气挣钱的，白浪费自己的精力，她也不骂了，不能愤怒。要巧妙淡然对之。我看着她这个变化，即使不下雨，她也把车子放在那里，等待，晴天，阴天，雨天都在，她亲自来监督，不管你如何变，我觉得她胜利了，但真正大暴雨时，没有人去买雨具的，不起作用，人都要被吹跑，和雨具一起。不买没关系，她还是摆好摊子在那里，始终在，总有人要买的。我有时在商场里躲雨时间太长，躲到睡着了。

　　真冷，你想下楼去吗？一个人说。再等等，既然都等了。他说，年纪大了我害怕生病。如果你害怕，你就下去吧。于是，他听了她的话，不再受这个罪，下楼去了。除去小孩子，他们也不跑了，安静地躲在帐篷边吃零食，还剩三四个大人。她说。我站到她的旁边，她有六十多或七十多岁。某年夏天，在山野里劳动时，种什么都忘记了，或在收获玉米，突然下暴雨，电闪雷鸣，她和其他四个人躲到一处废弃的烂房子里，顶上有瓦，墙壁漏风。他们坐在地上，三女二男，有一对是夫妻，坐在中间，他们左边是一个寡妇，寡妇再左边几乎靠近墙了，是一个三十多岁的单身男人，我在夫妻的右边坐，挨着那个妻子，我二十多岁，未婚。我们都淋了满身的雨，坐下后，各自擦头上的雨水。等雨停了再出去干活。雨是很大的。夫妻中的丈夫说，不知道要下多久，干等着太无聊，我们打扑克牌吧，打升级，二对二。农村的人随身都带着纸牌，有空闲就打。夫妻中，女的也想打，他们都想上场，争吵，都想打牌，不相让。大家都习惯了，夫妻吵架也属正常，没人去劝解。外面简直是山摇地动。雷神闪电一个一个炸下来。其中一个穿过房顶掉进房子中间，落在丈夫身上，他就被闪电击中了，脸上还有吵架时的愤怒表情。我们也不敢出去，妻子吓得尖叫，我们都站起来，远离那个被电死的人，怕再次击中谁。夏天下雷暴雨时，电死的人不止一个，因为没有安装避雷针，不知道谁会被炸掉，闪电随机选的吧。现在，到处都有避雷针了。山野中也安装。我们在楼顶也安全么？她说，不一定。即使在城市里依然有闪电击中人，被电死。你见过避雷针么，你怎么知道安装有避雷针就可以避开闪电？大家都这样说，避雷针，我没见过，我到哪里去看见？它安装在电线上的吧，我猜测。我说，下雷暴雨时，也不能待在树林里，和树下。你怎么知道？这是科学。科学就好，我走路时要离树林远些，这里到处都是树。我问她，你离开农村好久了？她说有三十多年，一九八五年我到城里来的。再没有回去过么？回去过的，不再做农活，父母去世后就彻底不回了，有啥意思，我有第二个家乡，第三个家乡。你当时还没有结婚？没有，我经人介绍耍过一个男朋友，邻村的，相距几个山口。我们空耍的时间太久，相处两年手都没有牵过，他来看我，带点礼品，饼干，副食品，见过家人后，我送他回，在山路上走来走去浪费了青春。后来，看我也不说结婚，他是男的，他都不说结婚，我为何要说。我们就这样走来走去，路上的草，虫子，蚯蚓，蛇，山上的鸟，大雁，白鹤，兔子，蛇，都认识我们，朝霞晚霞，春去秋来，终于男的很不耐烦，他不再来我家，他不来我也绝不会去，不到山路上去走，每次都走到露气上来，一裤脚的露水，布鞋打湿了。露水其实很好看，在草尖上亮晶晶的，那个时候却很讨厌。他跑去当兵，当兵五年才回来。

44

听到村里人说，去了越南边境，打仗。村里人都不觉得打仗有多危险，不当一回事情，觉得越南并没多远，就像在邻村一样，报纸上说，每场都是胜利。我也不想。不担心。他复员回来后，很快经人介绍就结婚了。没有来找过我，从来没有，一点消息都没有，到今天没有。我想问，你就是铁姑娘么？我小时候在山里见过的谈恋爱的人。我问她，你是铁姑娘么？她说不是，我不姓铁。我想，铁姑娘也不姓铁，只是一个称呼。她没问我的情况，可能不感兴趣。她就像一个一直未结婚的女人一样，不爱多话，自我。我问，你开始到城里来做什么？给人帮工，吃苦，在

电器批发市场。后来就自己做，开店，公司。你做得很好
么？做得还行。那你是富翁了。你说是富翁就是富翁吧。
她终于笑了一下，皮肤白净，袅宛，就是铁姑娘的样子。
在楼顶是有点冷哈，她抱起双臂。她比我穿得厚，外面有
一件冲锋衣。我非常冷，还是短袖衫。那几个人在朝镇上
的方向看，那里就是天边，之前是亮的，现在也变黑了。
我们头上的乌云已经全部聚集完毕，和所有的乌云连成一
片，我们抬头看，包括小孩子，他们也冷得发抖。雨会从
哪里下起呢？一个雷声后闪电划开天空，我看见她躲了一
下，就是用力偏了脑袋。雨毫不犹豫下下来，很快下得很
大。我说，特别开心，我知道了，雨是从我们头顶上最先
开始下的，不是从四周围的远处，我们头顶上的天空向外
扩张下去，一直到很远的大山里。那几个人说，镇上也下
了，在一片雨雾中。他们拍了许多照片，不能再待下去，
太冷，他们跑下楼。我已经知道了雨是从这中间下来的，
我满足了好奇心，我给她说，我要下楼去，我很冷，头发
完全湿了，说话牙齿发抖。她说，我也要下楼。不能总待
在雨中，没啥好处，会感冒。一起走么？她说，你先走，
我喊那些小孩子，回家了，没有大人在很危险的。她不看

我，等我先离开。我又多心，她不想和我一起走，怕多出什么事情，怕我邀请她去家里坐么？或她的房子就在七楼，最先路过她家，出于客气冲动邀请我进去坐会，她本心又不愿意？我离开大雨，下楼时，纠结着。她本就不想和任何人同行走路，我这很麻烦的想法，是我想多了吧。下楼之前，我站在放帐篷的位置，给她照了一张照片，一个孤立的老女人，我又给下大雨的天空乱照几张。她喊那些小孩子，回家了，快点回家了，不然雷电会劈人，把脑袋劈开，身体劈成几块。她吓唬他们。孩子们朝她的方向聚拢，都双臂抱在一起，冷得发抖。她说，回家去，雷电很吓人的。他们不信，说雷电不过是一道强烈的灯光，会发声音。她说，你们不信么？她撩起她的头发，给他们看一侧的瘢痕，看，这就是雷电给我劈的，很多年前，这一片头发都烧焦了。一群孩子看她纠结的瘢痕，都不吭声。只有雨的声音。她说，快跑，马上大雷就要打过来，不知道会落在哪个头上。孩子们离开她，朝楼下飞奔。一边还喊，雷雷雷，电电电，劈开了。我也朝楼下走去，现在，楼顶只剩下她一个人了，她被雷劈过，不会再劈她了吧。

45

我身上也湿透了，走到六楼时，一声炸雷响，雨下得更猛。铁姑娘一人待在楼顶危险又孤独。我觉得有责任，我又跑到楼顶，看她还在不在，我站在顶楼的楼梯口，就是搭帐篷的位置。大雨中，她果然还在中间，全身都朝向下雷暴雨的天空张开，她正在咒骂，句句都是狠话和乌言。看起来很兴奋。我听她骂，话语太脏了。她咒骂老天劈她脑袋，让她当铁姑娘，让她谈一场永远没有关系的恋爱，一直在山里走来走去，和男的前后拉开距离，走了两年，那些狗屁山路，丑陋得要死，又细又弯曲。天空的朝霞晚霞，美丽又怎样？醉人又怎样？我看多了，走你妈两年，就再没有任何好事，让我孤独一生，我不怕你了。她满脸都是水，因为张开口咒骂，也吃了不少雨吧。我不敢靠近她，这种情况，她全身兴奋，疯狂，力量大得很，我肯定拉不动，搞不好互相伤害。她的样子，也影响到我，我有点焦虑起来，雨太大了，雷电一个接一个，有些打在她身上，当然没有炸着她。我想，不会劈她了，到处都安装有避雷针，被劈过一次，有免疫力，这个是我胡乱臆想的。

我想给她拍一张疯狂样子的照片，觉得没意思，拍来干啥子，就为了看看她疯狂的样子？没有意思。我再次下楼去，走得很慢，觉得没有力气。她就是铁姑娘，或是另一个铁姑娘。我记起以前看到的晚霞和朝霞，还记起了其他的，失眠，恐惧，等等。越南战争，在我们贫穷的人来说，就是传说中的越南战争，越南，即是一个亲密的词，是我们的一部分，好像就在邻村。铁姑娘的未婚夫去越南打仗了，具体和谁打，我们不晓得，后来他运气好活着回来了，并没有和铁姑娘结婚，从此断绝音讯，比陌生人还陌生。没意思，又不能逆转过去，一切都消失干净。我慢慢走下楼去。焦虑减少一些。雷电是让人恐惧，亲眼看到它们聚集后爆发，也很神奇。经常夏天半夜在睡梦中，不知道有多少在头上爆炸，一个接一个接一个，我完全无知觉。我在商场买衣服时，营业员帮我把衣服穿上，就会有一种电流划过身体，怪不舒服，营业员说，这是静电的作用，每个人都自带微弱电流。她从哪里知道这些？自带电流，细致到微弱。我自动相信了她说的。被电了多次，我再去买衣服时，不让营业员帮我穿衣服了，我说，有静电，每个人都自带电流，互相作用，被电到，会怪不舒服的。静电的原理是否和夏天雷电的原理是一样的，我没有问过别人，也没查寻书上怎样说，想当然觉得是差不多。静电，确实让人很不喜欢，通过之处，皮肤毛燥燥的。我走到门口，焦虑几乎消失完全，我换上拖鞋进门。妹妹说，她正在抽烟，你去了那么久，下大雨，你也不快点下来？我说，有好久？她说有十一分钟，几分钟就该下来的。我以为有很久很久呢，才十一分钟啊。妈妈坐在沙发上，她说，快点炒菜吧，都饿了。我说好。我把手上的东西交给妹妹。又打湿了，你在楼顶待的时间太久，收完被单就该下来，非要等到雨下后。我说，楼顶上的人都在等雨下，看雨从什么方向来的，我也好奇，所以被耽搁了。那雨最先从什么方向下的？我说，都以为从天边上开始的，从镇子，或远处的山。结果不是，雨从楼顶直接下来的，然后朝镇子下过去。雷电就是乱的了，四方都可能打。妹妹说，有点吓人，特别是雷电。我说就是，你比我还怕。她不否认。我说，你没炒菜吗？她说，等你下来时，抽一支烟就忘记了。那你炒菜还是我炒？你炒得太难吃，完全没有做菜的感觉，我炒吧，至少比你好一点。我同意。我把被单放在凳子上，等整理房间的女人把阳台做干净了，我再晾晒。我走到阳台上，整理房间的女人说，刚才雨好大，又是雷电，擦窗户的时候我都被吓到了，害怕被雷电炸到。我说不会炸到你，安装有避雷针。她说，我不知道有避雷针。只要有电线的地方都安装有避雷针。我可能在胡说八道。她说，我就不怕了。我朝楼下看，那个人体模特儿还在，没有一个人，除了雨声。我说，你的人体模特儿在淋雨。正好被雨水洗干净，不然我还要洗一次。她说，十二点过了吧？我看看手机上的时间，十二点过十六分。你就在这里一起吃饭。她说要得。把你弟弟也喊来吃饭，他不是要给你叫车来拉人体模特儿么？她说不喊，他也不会来，很内向的性格。到时我打电话叫他。我不再说这些事情。我又去看妈妈，她在看电视购物，一种保健鞋，正是给老年人的，走路永远不累，还按摩脚底。她说，这个鞋子说得好，不知道有没有用。我说，你想买么？想买就打购物电话给你买。她说，又不能亲自试穿，买来不好咋个办，还是不买。我也认为不该买，即使它真的是很好的鞋子。

46

好像没啥事情做了，一切都归归一一的。我去厨房，看妹妹炒菜，她正在炒苦瓜，橘红的瓜瓤。我再次提到，你看过那个日本电视剧没有？男女主角相遇，其实是邻居，隔着苦瓜藤相识。男的说苦瓜瓤是甜的，还亲自吃了，女主开始不信，最后她也吃了，就是甜的。妹妹说，没看过，没兴趣没有时间。她正在用青椒炒苦瓜，经典配置菜。油烟辣椒很呛人。我总共也只看了三节，吃苦瓜瓤之后，没兴趣看下去了，我又说，你去过日本旅游没有？我马上又说，我没去过日本。妹妹说，她去过日本，泰国，越南，老挝，美国，欧洲……我说，你去过那么多地方，去干什么？光是坐飞机都很累人的。她说，干什么？玩吧。我说，好不好玩？当然好玩，玩总是好玩的。我几乎哪里都没去过。整个江南地区，我没去过，那些州，河流，园林古镇。如，上海，杭州，西湖，苏州，扬州，湖州，乌镇，周庄，绍兴，鲁迅就是那里的人。金山寺，雷峰塔，天台山，黄山，义乌，等等等等，太多有名的。北方我也没有怎么去过，我只去过北京，有三次，可能四次。东北去过大连，沈阳和沈阳故宫。还有青岛，广州，深圳，珠江，厦门，鼓浪屿，桂林，阳朔，阳朔感觉不怎么好，一个人跑去，好多年前，听人说可以有艳遇，结果，很无奈，晚上都不敢去酒吧里喝酒，每天在街上瞎走几次，看人来往，从一家卖东西的商店到另一家卖衣服饰品的商店，消遣时间。去江上坐了船，两岸不是青山，都是石头山，形状像馒头，倒映在水里。江水很好，清洁漂亮。在船上吃烤鱼喝啤酒，还请人吃，请人吃主要是想和人说说话。因为冷，买了一件棉衣服，穿在身上。每天买酒菜，一个人在旅馆房间里喝酒看电视，旅馆的墙上有人画了人像山水花树蓝天，自拍了一些照片，这样过了一个星期，回家。昆明也去过，大理，丽江，丽江是和我妈妈妹妹儿子一起去的，我儿子死命不想去，我买好车票，捆绑他去的，当时他还有点小，游戏少年，一路都不开心。四川以外的其他地方再没有去过了。重庆不算，我以前就在重庆生活的。这样算起，我也到过不少地方了。妹妹说，你说的思维好混乱，见识太浅。算你到过不少地方吧。那你呢？我几乎都去过，国内的名山大川，城市。我只好无语了。我说，以后总要去的，多坐火车，快慢都可以，或走路。我现在有时间啊。我在电视纪录片里都去过了。哦，还有，海口和三亚我去过，也是和妹妹一起去的，她当时心情不好，失眠焦虑，我完全不知道，以为她和我一样快乐。

我问妈妈，去过哪里？她说，重庆，广州，成都，西充县。那你也厉害了。我不好意思问整理房间的女人，去过哪里。我问她，不好意思，您姓什么？我特别用了您字。我们都忘记互相介绍自己了，我说我姓安，我妹妹也姓安，安逸的安，或安全的安。她说，她姓李。那么我称呼您小李好么？看您肯定比我小。她说当然好。我没介绍妈妈的姓，她都没怎么和她说话，妈妈盯住电视看。妹妹说，你没事情干，把饭桌擦干净，碗筷摆好。我说要得。我擦桌子，凳子分开，碗，筷一一放整齐。汤呢？我亲自炖的汤，肯定美味。我揭开锅盖，简直是一股不寻常的香，我觉得从来没有过。山上都能闻到。我问妈妈，你闻到没有？特别的不一样。她说，闻到了，很香，你有点夸张。我把整锅的汤端上桌子。我心里总有什么事想说，我站立住，想了一会，想起来了，我想给妹妹和妈妈说，我在顶楼看见铁姑娘的事。我说不说呢，说了她们有怎样的反应？妈妈会去见人家，从前都是一个村子里的人，铁姑娘有六十多岁了吧，妈妈和她更熟悉，妹妹可能没有感觉，她当时还太小。或妈妈请她到家里来玩。会不会很麻烦，如果铁姑娘拒绝见面。

47

如果铁姑娘拒绝见面，看起来她是个脾气怪异由着自己性子的人，妈妈会怎样想，生气，指责我？现在她是不能激动，我便没有说见过铁姑娘的事情，万一她不是铁姑娘，或是另一个铁姑娘，当时全国相同的情况很多，不知道有几万个铁姑娘，修路，开山，修水库，铁姑娘的意思就是和男人一样地劳动，扛大锤，夯土方，等等，吃住都在工地。铁姑娘参与修建的那个水库现在很漂亮了，里面有各种鱼虾，水上有船只，农家乐，甚至成为一个旅游景点。铁姑娘回去看过吗？她当时的骄傲。在水库原址也搬迁了不少人，一家一家，有一户人搬迁到我们队上，就在我们家旁边修的房子，由父亲安排他们劳动，修建房屋，耕作自留地，等等。因为父亲是队长。那家人非常安静，当然也贫穷，父母亲和一个儿子，每天干农活，回家煮饭吃饭，悄无声息，不与人交往和争执。具体是什么样的家庭，房子内部结构如何，我一直觉得很神秘，从来没有人去过他们家里，也许父亲去过，安排事情，但他也不说。我自己从他们的房子边经过时，拉开距离，眼睛不看房子的细节，太神秘了。我跑过去，有时他们一家人正坐在自家的房檐下面，安静地编竹筐，或修理农具，我假装没有看见，飞跑到边界上的一块地里，种满油菜，我钻入油菜地里，躲在里面一直到天黑尽，大人们来找我，喊我的名字，我不答应。等他们不喊了，一切都安静，我从油菜地里出来，天上一轮月亮照着，地上明晃晃的，我看了一会月亮，自我感动。地上房子上竹林都是灰白的光。我再次从那家人的房子边走过去，门是关上的，无声音，这么早都睡了么？月光一样照在他们家的房前屋后，从房顶上的亮瓦，从窗户照进屋子里。我走回家去，自己吃了夜饭，没人问我躲在哪里的。或许母亲问过一句，你躲在哪儿的？喊死都不答应。我还是不回答她。她说我，古董性格。油菜地密不透风，不开花时肥厚青灰，开花了就金黄灿烂，开不开花都漂亮。我想到那个搬迁来的家庭，他们自我隔离，离其他人非常遥远。至少和我的距离，隔了一层世界，如魔法世界一样，明明是邻居，我每天看不到他们，那个儿子和我姐姐差不多大吧，个子又高又瘦，我想象的又高又瘦，有些驼背。

当时我把饭桌碗筷整理好了，不提铁姑娘的事。妹妹炒好苦瓜，我端上桌子，她又炒土豆丝，里面加了点酸菜，干辣椒，油倒在锅里嗞啦啦响。我说，你炒的菜不错，比我好几倍。妹妹就高兴地笑了，又唱了几句京戏，一长串过门。所有的菜都端上桌子。我问整理房间的女人（她以后叫小李），阳台做好了？她说都做归一了。她还把我从顶楼上收下来的被单挂起来。妹妹也从厨房里出来。她说，还是喊你弟弟来吃饭吧，顺便，没有特意准备什么菜。小李说，不喊他，他在超市有饭吃，也许都吃过了。我问妈妈，你自己站起来，还是要我们扶？她试着站起来，有点虚，说还是头晕，扶一下。我和妹妹一人一边扶着她的肩膀，坐到吃饭的桌子旁。雨当然还在下。妹妹先盛汤，一人一碗。我说，喝不喝点酒？喝点吧。妈妈同意就行。妈妈不能说不同意，她说少喝点。我去拿杯子倒酒。小李，你也喝。小李没有推辞，她说在农村家里时，平常父母姊妹也爱喝点，过节办酒席邻居之间也互相喝，喝得凶，自家酿的苞谷酒。妈妈就不喝了。妹妹说，苞谷酒度数高，喝起来冲人。还好，喝习惯了。妈妈喝汤，她说味道好。我们举起酒杯互相碰了下，妹妹总要说点祝酒话语。她说，幸会哈，小李，第一次喝酒，也是第一次见面，谢谢你帮我整理房间，做得很好。谢谢。这是妹妹的家，连我也是客人呢，妈妈也是，我们是暂住的。祝妈妈恢复健康。我们端着酒杯，听她说，酒在杯子里晃动。她说第一杯干了。我们没说话，干了杯中的酒。然后喝汤，都赞叹汤的味道。喝完汤，吃了点苦瓜，土豆丝，还有一份卤菜，妹妹又倒上第二杯酒，说，祝大家都心情快乐，有钱花。我们又干了第二杯酒。我心里不平衡，念着铁姑娘还在楼顶淋雨，那种怪性格的人，可能就一直让雨淋着，消耗气力，直到虚脱生病。我说你们吃，我去楼顶看看那些孩子回家没有，怕出意外。妹妹说，孩子有他们的家人管，不需要你操心。我说看看安全些。我跑到楼顶上去，每个角落都看了，铁姑娘不在，她回家去就好了，其他一个人都没，帐篷还在那里，颜色非常醒目。我跑下楼，进门，我说顶楼一个人没有，孩子们全回家了。妹妹说，哪有那么傻的人，一直在雨里淋雨。我说就是。她说,小李敬我们酒呢,我已经喝了。我说好。小李给我的酒杯倒满,给她自己的酒杯也倒满。她举起酒杯,脸已经发红。她说,姐,我不太会说话,这杯酒敬您。她也用了个您字。于是我们碰杯,一口喝掉。我也不太会说话,只说谢谢谢谢,吉祥如意之类的话语。

小李又给自己倒满一杯,站立起来,敬妈妈。她说,祝您老人家早日恢复健康,福寿绵长,儿女孝顺,事业成功。妈妈想站立,她赶紧说,您老人家坐着,千万不要站起来。妹妹和我也给自己的酒杯倒满酒,陪着喝,算是帮妈妈回敬的。

48

这样,我们每人喝了四五杯,脸开始发红眼睛发亮。妹妹给空酒杯倒满。她说,吃点饭再喝。小李同意,她说要吃米饭,干体力活,饿得快,必须吃一大碗米饭。我说,我不吃米饭,我喝汤。妹妹给小李和她自己盛饭,给妈妈盛了半碗，她们吃饭，我又喝了一碗汤，我赞美自己炖的汤，真好喝啊。妈妈说，哪有自己夸自己的人，也不谦虚点。我说好就是好，不能谦虚。实际上，我是一个谦虚的人，太谦虚了，平时一般不自我赞扬。比市场上那个杀蛇人熬的汤如何？我想到那锅蛇汤，喝的人还不少，都快活地坐在简陋的桌子旁，说，好喝好喝。一碗就是六元钱，有些满脸病相的人，一连喝三碗，以为能治疗什么病。蛇汤可以治病么？妹妹说，不能。我也觉得不能。妈妈说，杀蛇的人是你们那里的人？小李说，不是，是外地人，很远，他们在山里捉蛇来市场边上开馆子，因为吃的人多。妈妈说那些人胆子好大，我八十九岁了，没有吃过蛇肉。小李说，我也不爱吃。她们吃完米饭。妈妈说，我下桌子，你们慢慢吃，又给我和妹妹说，别喝醉了，我在生病。她站起来，妹妹扶着她，坐到沙发上，继续看电视。

　　我们继续喝酒。三个人都还想喝。妹妹端起酒杯，她说，小李，敬你一杯。她们碰杯，干了。各自放下酒杯。我也只好端起酒杯，说，小李，我敬你。小李不多话，我们也干了。酒杯又空起。妹妹再次倒满。我们各自吃了一点菜。有醉意了，气氛松散，不再客气。说话就随便起来。

妹妹问，小李，你是哪个民族的？小李说，土家族，这里的人大多数都是土家族。我父母也是土家族。其实看不出来，大家都穿一样的衣服，我不了解少数民族，一点都不懂，对汉族也不懂，没有学习过。小李说，我父母还穿土家族的织布衣服，他们在山里住，不怎么出来。有时她父亲到镇上来一次，卖山货，她的母亲不出来，她的母亲爱生病。我们端起杯子，不用敬酒，各自喝了一大口。妹妹说，我们小时候还看见过父亲穿青布长衫子，戴有毛毛的雷锋帽，村里其他老年人穿那种到长不长的衫子，一直穿到老死。父亲后来就不穿了，他是村干部，再穿就不像话，做那个长衫也很麻烦。我们老家那里属于秋林，种麦子水稻红苕棉花玉米黄豆油菜籽，天天都在忙碌，还是每天都饿肚子，没吃的。小李说，我们这里山大地少，人也少，几乎只能种玉米和土豆。酿苞谷酒。生活很苦的。现在要好些，可以到处打工做生意，村里没几个人。我说，我们老家也是，几乎没几户人家在，三四户吧，还守着自己的房子，种点蔬菜粮食。路都塌陷了，河沟里填上泥土，水只有很少的一点，以前父亲在河里洗一家人的衣服，河水清澈，涨大水后，河里躲藏的大鱼被水冲上来，有十几斤吧，村里人把鱼杀了熬成一大锅鱼汤，加上葱姜，每家人分一大盆，味道鲜美，可怜的鱼。不知道现在河沟里还有没有大鱼，河水干涸，可能生成不了。山呢，山被树和藤蔓植物封住，密不透风，很难走进去，我们小时候，几乎每天爬上山顶，看朝霞和晚霞，云来云往地变换。觉得神奇，一起乱喊叫，现在都不敢进山了，根本就没进去过，里面有蛇和野猪，其他小动物，据说还有不少灵芝，木耳。

小李说，你们那里的山不大，植物多。是的。现在看那山不大，小时候我们人矮，觉得大得不得了，压在头顶上，半天爬不上去，下山也难，下雨后，路滑溜溜，站都站不稳，惧怕得很。土也比较肥沃，有啥用呢，都没人种了，全部荒凉起。妹妹端起自己的杯子喝了一口。她说，你去过什么地方？本来我不好意思问的。小李说，去过重庆，遂宁。在重庆的一栋大楼里打工，做清洁卫生，做了几年。她也喝了自己酒杯里的酒。她们说话，我又给酒杯倒满。小李说，在那里认识了自己的爱人。她的爱人是做环卫的工人，主要是维护园林绿化。他们谈了两年恋爱，到她二十岁就结婚。她说，她的爱人是汉族，不是当地人，遂宁人。他们结婚后，存了一些钱，回到她的老家，把房子重新修过，生下孩子，当时她的弟弟还小。她的爱人就算上门女婿了，和她的父母弟弟住在一起，过程就是这样。现在，镇上开发后，修建了不少避暑房，他们出来打工，她还是做清洁卫生，她的爱人在物业公司做绿化，和其他杂事，修理，搬东西，很好的，想尽量多挣钱，在镇上买个房子。妹妹说，现在不兴上门女婿那一套说法，哪里都可以住。该喊你爱人一起来吃饭的，认识一下，以后修理啥也方便。不用喊他吃饭，他不会来的。他没事就研究彩票数字，总想中大奖，劝都劝不到，几乎每天都买，有时候中些小奖，几元几十元，或几百元，错过一两个数字，他就觉得只差那么一丁点，就要中百万千万了，每天都在研究，完全着魔了。妈妈说，她说的我，和你一样，这也是赌博啊。我说，我对彩票没有那么着迷，偶然买一两注，碰运气，当然也想中大奖，我们都过好日子。你对其他赌博有瘾，天天赌吧，输了不少钱，妹妹说我，怎样都拉不回来，朝死里赌，把赌博的人当成朋友。她们一说到赌博，买彩票，是别人做的，也把我拉上，谴责，还是我的错，我说是的，我的错。赌博几十年，觉得那些人好耍，吃喝都在赌场里，喝醉了赌。啥子人都遇到过，黑的白的，老实人傻子（如我），狡猾做假的，暴力的，年轻人老年人，有些赌博一辈子。当然我总是输，输得很烦恼，突然某天看清楚了自己一直输的原因，傻瓜，蠢猪，就绝不再赌博，一眼都不想见那些人，他们一伙人其实靠这个为生，只有我和其他的傻瓜觉得好耍可爱，被灌了迷魂汤一样。我清醒后，不再赌博了，完全没兴趣，我说过好多次吧。

49

妹妹说，你的赌博人生，光荣么？经常反复述说。搞得自己如此悲惨，衣服都没穿过一件好的吧。我说，做了几十年的事，记忆深刻，忍不住想说。在赌场里，确实是输钱光荣，赢钱可耻，输钱的人是最受人喜爱的，我就是那种最被喜爱的人，我把这种喜爱当成真的了，感激人家。至于两三件好衣服还是穿过的，赢钱后大手大脚用，抽好烟，喝好酒，还强行请人吃喝，唱K，有些人去住高级酒店。当然我只是偶尔赢钱。他们也偶尔让你尝一下甜头。多数时候是身无分文，通宵赌博以后，早上还得去上班，情绪绝望。可以免费到赌场里吃饭，喝酒，老板做的饭菜非常好吃，我做不来。观看别人赌博，看别人输钱，沉迷其中。现在居然不觉得了，突然清醒过来，甚至厌恶，不知道是好事还是坏事，又没有其他消遣的乐趣代替，性格会改变，我现在觉得不想见人，有罪恶感，对不起家人。妹妹说，你总是这样，行事从一个极端到另一个极端，从来不改，也不动脑壳想想，你赌博时从来不算计，算算别人要什么牌。是的，从来不算计，只凭手上自己的牌好坏打，甚至别人一眼就知道我的牌好坏，他们算计观察像我这种一直输的蠢货（指长期输钱，赌瘾很大，死不明白，以为是自己赌运不好，财运不好的人，时常谴责自己），拿到一副好牌马上得意地点一支烟抽，先欣赏，别人一下就知道了，明明一副好牌，但最后还是输。小李都笑了，她心里肯定想，你是很奇怪，几十年做一件输钱的事情。妹妹说，你蠢得太不一般了，愚蠢到极致，没人比你更喜剧，赌瘾还那么大，我觉得不能怪那些赢钱的人，不赢怎么办？人人都如你一样笨傻么？我说，这个是遗传的，父亲不是也爱赌博喝酒吗？他把祖上的大量土地一块一块赌出去，在解放前，我们就是地主家的大小姐呢。父亲算资格的公子哥儿。到最后剩了一点点地，他还加入袍哥会，后来遇到解放了，他刚好也输光，我们没有土地，不然被划为地主成分，一家人抬不起头。结果地主换成另外一家人，他们家的儿子不出来打工，现在还守着自己家的房子，土地，舍不得。有些事情焉知是福是祸。你胡扯狡辩，父亲当时年纪小，才十一二岁，他的父亲死得早，没人管束，赌博抽大烟加入袍哥会都是被人怂恿的，你可是成年人。父亲后来是很爱我们的。我说我知道，是我个人几十年糊涂嘛，爱钱又特不爱钱，随意抛撒。小李说，姐也是个性情中人，很少见。她主动举杯邀请我们喝，我们一口干掉。一瓶白酒喝完。妈妈说，不喝了。我们没有听她的。都还想喝的意思。妹妹说，开一瓶红酒如何？我们没意见。我给妈妈说，红酒度数低，我们喝红酒。妈妈说，给我倒一杯水，我说好，喝杯柠檬水如何？她说可以。都忘记吃一道药了，柠檬水吃药可以么？我说完全可以。我给她把水弄好，准备三种药，放在她手上，我说你自己吃药，她说好。她把电视调到体育频道，里面又在放比赛。比的什么赛？她说是绣花比赛，有好多男人参加，我看了一眼，确实男的比女的多，年轻小伙子。低头专注飞针走线，五彩丝线，不分什么川蜀苏杭等等派别，以精细论高低。妈妈说，这个比赛好看。绣花是你最喜欢的事情，手巧，针线活你都擅长，你不爱做饭。我又坐到饭桌上。妹妹开了一瓶红酒，一人倒一满杯，没换酒杯。小李的电话响不停，她接起来，她说不要，暂时不买，不要不要不要。她说是卖房子的人打的，一旦你咨询了买房子的事，就会每天收到陌生的购房电话。也收到贷款的电话，问你贷不贷款，很方便优惠的。小李说，我哪里敢贷款，害怕是陷阱。我们举起各自的杯子，现在是红酒了，一口一杯。喝完立刻又倒满。我说，小李你打牌么？她说不打，学过，始终没兴趣，打一会就想瞌睡。我说好，我总是对不爱赌博的人表示无穷赞美，对正在学习赌博的人发出警告，不要学习打牌赌钱，学会了会完蛋的，每天焦虑不安，绝望，迷惑，进去出不来，我把自己当成反面角色，坏人的一种。

50

你说自己坏，这不是对的，你还坏不来，怎样去坏？

你懂坏的方法么，你有坏蛋体质么？你也不敢坏。你的心智到不了那个昏暗之境。你是感觉自己很坏，嘲弄自己，内疚，自责，觉得自己样样错了，其实你不一定是错的。长期的混乱破碎糊涂生活，逃避，虚荣，幸好还不算很懒惰，你一直坚持一份工作，一份，这也很奇怪，你居然没有放弃，没有放弃工作，这也是你的错。从另一方向说，你又矫情，想证明什么，对你自己证明你是无辜的么？暗示自己是性情中人，豪爽，而真实的你根本不是，就是愚蠢，笨，极致自私，猪油蒙了心和脑壳，时而任人宰割，还觉得是奉献，高尚。或极端暴躁。现在，你想多了，或又在逃避，逃避到另一种什么心境里，或许更糟糕，反正你是怎么都不对头。妹妹分析眼前的我，她声音放大，你看你的面相，缩作一堆，苦兮兮的，你朝四方高处撑开嘛。说，开，开，开心。我张嘴说，开，开，开，开心。小李和妈妈也跟着开起来，是不是很好？我们说好，已经开了。妹妹说高兴了，问，抽烟不？抽烟不？我不抽，我要戒了，真的不想抽。她问小李，你抽一支么？小李说，不该抽烟的，现在抽一支嘛，我会抽烟，躲着抽，我的爱人不知道，但父母晓得我抽烟，在农村，许多女人会抽烟喝酒，管束并不那么严格。她们一人手上拿支烟，点燃。小李称她的丈夫爱人爱人，说得好亲热，我想，没有说出来。我们一起看电视上的绣花比赛，每人才绣了那么一小团，一针一线，慢，静，主持人都懒得说话，坐在那里等待，估计得绣到天黑。妈妈你会一直看到天黑，坐那么长时间，你累不累？要不把电视关了，你休息一会，就在沙发上躺着，给你拿床毯子，盖着。妈妈说，不累，我要看电视上的绣花比赛。我独自喝了一杯酒。我说把汤热下？再喝点。我把汤锅端到炉灶上，点火烧开。回到桌上。看她们很享受地抽烟。你们晓不晓得烟叶特别漂亮，肥厚，烟叶开的花幽静光彩内收，我亲自观察过，烟叶在地里时，就吸引人，至少我想拔它几片，或反复用手抓扯，破开那肥厚碧绿的烟叶子。妹妹这次没有反驳我，说，歪歪道理，你又想多了。她们正在享受抽烟，不能对烟不敬。汤开了吧。我跑去厨房，把汤端出来，又是一股异香。你们闻到没有？我夸张地说。比第一道汤，香味还是减弱了些。我不管她们喝不喝汤，一人盛了一碗，放在面前，我问妈妈要不要，她说我都下桌子了，不吃。下桌子就不能喝汤了，没道理。你想喝就喝。她说我不想吃。好吧，妹妹，小李，你们吃。

醒酒汤啊。妹妹不理我。小李只好喝了，她把汤全部喝掉。我说，你也是性情中人。我端起酒杯，敬她，来，我们喝酒。她说，我要喝醉了，下午还得去跳舞，约好的。不是在下雨么？地上湿滑，不能跳舞的，会跌倒。已经没下了，太阳又出来，路面很快就会晒干，这里的天气变化快。一次不跳也没啥子吧，又不是专业舞蹈员。她说还是要去，约好的。我没话和她说了，喝酒以后，非要去跳舞，这样跳舞很无聊。别人约好的，你不要打击她。妹妹说，喝醉了也可以跳醉舞，她们一群中老年人本来就是群魔乱舞，比喻。她抽完烟，喝汤，然后举杯，我们又喝，反复举杯喝酒。妹妹说，以前，我们村里有个女孩，就是你同学，喜欢跳舞，天生的，也没人教她，你记得到不？你的同学，皮肤很白，头发少。我说记不得，哪里记到一个跳舞的同学。是你忘记了，或你选择性忘记，有段时间你连家人都忘记了，完全不联系。我说你又指责我。你真的有这个同学，当时有十五岁多。每年村里收割了油菜麦子，就要组织开会，表演文艺节目，唱歌跳舞，唱川剧或样板戏。你的同学表演跳舞，她是一个小儿麻痹症患者，不是很严重那种，一只脚走路有点软，她刚刚发育，身材很好。她跳舞时非常忘我，转圈，举手，望天，低头，大家都盯住她看，看入迷了，她跳完后，鼓掌欢呼。有两个青年人，单身，一人说，她跳舞时，一只脚踮一踮的，很迷人呢。另外一个青年没说话，他还没回过神来。我说，我记不到有这事情，当时我在哪里玩？妈妈让我牵牛上山吃草么？你也在看跳舞，但你糊涂，不在现场似的。妹妹说，两个青年中的一个，一直一直谈不到恋爱，没女人想要和他过日子，苦得要死，到三十几岁了，他的父母去世后，他在村里待不下去，有一天跑了，消失，他出家做了和尚。我说，我知道这个人，他就是修水库搬迁来的，一家人都是内向性格，不与人交往，父亲有时会去他们家里看看，或他们请父亲去家里喝酒，讨论些家庭问题，父亲不会给我们说，总之是苦。他们家的房子完全塌了，只剩一个门框架。妹妹有点要哭了，以前的事情，想它干啥，那么辛苦，但是我都忘记了，我也想哭。小李，她想让我们愉快起来，她说，我没经历过这些，比你们小，她给空酒杯倒满，喝酒喝酒，我们举起杯子，狠狠碰响了，一口干完。

我说，我的同学后来怎样？还能怎样了，十七岁就嫁人吧，一天一天过日子，嫁到很远的地方。不管有好远，日子过得好就可以。两个青年中的另外一个青年呢，他是谁？他是地主家的小儿子，他有活泼的天性，那句"她跳舞时，一只脚踮一踮的，很迷人呢"就是他忍不住说出来的。他也很难找到女人，我们那里最大的地主，开大会必然被批斗。他有活泼的天性，对人生也并不绝望。他到三十几岁时，国家形势发生大变化，他和其他人一样开始自由地生活，不再受歧视，他不像那个性格内向的青年，始终找不到女人，在村里活不下去，跑了，出家做和尚。他努力种地，挣钱，打扮自己，他终于吸引到女人，和他恋爱，结婚，生孩子。现在，他还守着祖宅，种地，不出来到城市里打工，村里剩下几户人家，他是一直在的。守着，守。我说，他有地主情结，可他也改变不了，村里那些土地，水田，山河，都荒废，干枯，烂掉了，太少人居住经营，他也只能守着那么一点点，或在精神上永不离开，重新做一个孤独的地主。万一以后又起变化，让人们都回去种地（在城市里活不下去），村里是不是会热闹起来？这个，谁会猜得准确，小李说，我还想在镇上买房子，孩子都在镇上读书，我不想回大山去永久生活。妹妹说，这只是我们喝酒吹牛说的，你不要当真。不说土地那些事情了，关我们屁事。现在，你们要不要听我为何戒赌，或关于我戒赌的故事？我很想讲。妹妹说，无所谓，我们不想听你也要讲。我从来没有对人说过，第一次讲的。小李说，很残酷么，是有人逼迫你，你贷款欠债了？

51

不是那样。我没有去贷款之类，我对贷款没有兴趣，我知道那是高利贷，很麻烦，我还是惧怕的。我日复一日夜复一夜地赌博，对金钱已经麻木了，习惯性待在赌博的气氛里，很难退出来。从早到黑到早，完全没有休息日（除了必需的工作挣钱，那也是为了赌博）。而总是赢钱的人，我不知道他们是什么感受，有时候从晚上六点赌博到早晨，再到晚上六点，一直进行下去，变换花样赌，麻将，纸牌，纸牌花样最多，炸金花，斗地主，穿幺，等等。还有一种叫四川长牌，我始终不会打，在老家，过年过节父亲们很爱打的，两个人三个人四个人都可以打。老板陪同煮夜宵，煮早饭，外买任何东西，除了毒品。老板禁止在他的场子里吸毒，说场子，其实就是很小的一个茶房性质的赌场。他的老婆是个保守派，痛恨毒品，觉得那是惹大事的东西，要坐牢和砍头的。老板说，赢钱的那个人，我们叫他小光吧，或小猪，小臭，小弟弟。小光，那天早上，不知道他赢了多少钱，老板说，小光浑身都是钱，内裤，鞋子，袜子里，衣服缝隙里都是钱。输钱的人还坐在那里，小光当然是清醒的，他一边赢钱，还嘲笑输钱的一个男人，他叫小和尚吧，长着圆脸圆眼睛，所以叫小和尚。他已经输了很多，打牌时输赢都不爱说话，是一个闷生。小光赢很多钱了，自以为聪明绝顶，他还一直嘲笑小和尚，有点侮辱智商的意思。小和尚说，输钱嘛，算我倒霉。大家继续赌下去，一个通宵，天泛白了，大约早上六点过，人是浑浊的，反应慢，机械性出牌，我腰酸腿疼，站起来赌，伸伸懒腰。老板在厨房里给大家煮吃的。小和尚去上个厕所，其余的人就停止等他。小光依然嘲笑他说，上完厕所出来，会更霉气，要输个精光。其实他们平时很熟悉的，也爱开个玩笑，但输钱的人，脾气就不一样了，心胸要小得多，输得全身鬼火起。小和尚从厕所出来，我们没看清楚他人，都浑了嘛，他手上拿的是一把菜刀，一刀就砍在小光的肩背上，非常准确。我在小光的左边，他的右边是一个也总是输钱的老阿姨，但小和尚准确地砍在小光的肩背上，深入骨头。我们居然没有尖叫，只是从赌桌上散开，老板从厨房里跑出来，他说，干啥子？不想活了。他本来是镇得住堂子的人，开了十几年赌场。小和尚只砍了那一刀，没有想要他的命。老板说，都回家去吧，拿上自己的钱。他查看小光的刀伤，血当然流了很多，他责怪小和尚，砍人也不想想，这是在哪里。小和尚说，实在忍不住，他一晚上都在嘲笑人。还能怎样，送他到医院吧。他们两个开车送小光去医院里救治，自行处理，也没人报警。我们回家休息，睡着了一整天，居然也不后怕。

从此你就戒赌了么？妹妹问，小李也听得入迷，我举起酒杯，空的，小李给我倒满，我喝完，没有和她们碰杯。我说，并没有，还是继续赌下去，日日夜夜。小光在医院里住了一个月，回来后，纱布绷带缠着伤口赌，小和尚也在，小猪小臭小弟弟，老阿姨，都没离开。还有个亿万富翁，亿万富翁是后来加入的，当然赌场就更热闹了。没人提那个早晨砍人的事情。赌博之瘾可以忽略一切。一天一天，赢钱的总是那些人，小光和小猪小臭之类。输钱的也总是那些人，像事先规定好了的，就是这样的规定，老板当然明白，我们都以为他是公正的，只管收赌钱，谁都不偏袒，他其实就是规定者，执行者，最大获利者。而我们这些迷途羔羊怎样都不醒悟，叫不识什么真面目，只缘身在此山中。包括那个老阿姨，她也是输了一辈子，现在还在赌，她自己与人合伙开赌场做庄时，也输，合伙人整她，输得太多，后来就混不下去了，只好退出来，一分钱没赚。

你们俩又抽烟么？妈妈说，你真喝多了，说些瞎话，我说是的，你听故事嘛，我只讲这一次，以后不会讲了，没有新的。又喝一杯酒，酒是我如今最热爱的东西之一，这是要成瘾的。

妹妹说，她是非常冰雪聪明的女人，你一开始就被老板规定到输的那个队伍，你一直没能醒悟过来。可能是吧。还有一个致命的因素是，有人来与我谈合作，都是输家，输得恼火了，彼此赌瘾又大。我当时不行，跟人合作感觉不痛快，总是想单打独斗。靠运气或技术赢钱。你的牌技那么烂，与家人打都要输，你如何能够赢钱，人不就是分工合作的动物么？自己蠢，还不愿意与人合作，活该输钱，我想笑都笑不出来了。还有就是贪婪，赌徒没有不贪婪的。

是的。一切不利因素都在我这里。

这是我过后才看清楚的，或现在，此刻，我在讲述的时候话语提示给我的情形，就是妹妹说的愚蠢，贪婪。我真想羞愧地死掉。

52

妈妈和小李发笑了，她们忍不住发笑。妈妈说，这些事情你一直都瞒着我们，还以为你是个规规矩矩的人，结果姊妹里面，数你最反叛，无情。

我说，是的。看人不能看表面，小时候和长大了性情也是相反的，我现在变了，可是也更加糟糕。不是你想象中的儿女。不值得你们爱。

你那么说话太轻巧，一句变了就算数么？妹妹不安逸我的话。几十年，其他人和我们没有关联，你的那些赌场朋友，喝酒朋友，你心甘情愿输给他们金钱，时间，体力，把家人隔离起来，不通音讯。我们可是很在乎你，担心你，你肯定欠家人的，在情感上和金钱上付出，对你希望太多了，反正复杂，你该道歉，道歉都没有意思。妹妹大声说，她把自己说生气，你做得太过分了，令人好气愤。我不说话，妈妈也不说话。我羞愧得想死。我也大声说，我，是，个，混账东西，坏人。可以么？戒什么有用吗？戒得越多，更加有罪恶性质，这是给自己找借口，想推脱一切。我停止这个思路，觉得恐怖，罪过源源不断显现，心脏跳得好快，它都要跳出胸口来，我用手把心脏按住，里面装的全是酒。我说停，停止，完全喝多了。妹妹不再气愤地说话，她说完以后，情绪平静下来，和妈妈一样，她不需要激动。妈妈也不能骂我，骂我有什么用呢？她们就地原谅我了。我感觉有点悲壮，是不是，妈妈，妹妹，小李？她们想沉默，没有做到，只好冷笑，冷场的冷笑，哼哼哼，哼哼。

　　小李打破冷笑局面，她给我们倒满酒，请大家举杯，我们喝掉。她的电话又响了，她脸全部都是红的。我的脸已经发青。小李接起电话，是她弟弟打来的，问她拉走人体模特儿的事，这个时候都有空。小李想说，再等一下，她没说她喝多了，还抽烟，她说等等。她弟弟说，现在车子也空着，没有要送货的人，是最好时机。她看着我们，不知道该如何办。拉到哪里去？是跳舞的亭子里吗？她还没问舞蹈队的负责人，可不可以拉到亭子里去。妹妹说，你是决定了要这个人体模特儿么？她现在不能肯定了，拿来干什么呢，道具又不像。她必须给她的弟弟回话，妹妹说，你让他和开三轮车的来拉，暂时放到超市外面，总得有人把它弄走，一直躺在楼下也不对。小李给她弟弟回话，那你们来拉嘛，放到超市门口，我再做决定。她弟弟答应着。小李解决掉一个看起来麻烦的事情。她高兴，张口大笑，我说你要唱首歌么？不唱不唱，我不会唱歌。乱吼几句也可以，不用唱那么好，又不是专门唱歌的人。她还是不唱，我不能逼迫她，她说，那我喝一杯酒，她自己喝了一杯。惩罚自己干什么，不用这样做的。我说，我唱几句怎样，我想唱，我们又不能划拳，作诗，读书之类，唱歌是最简单方便的情绪散发方式。我唱了几句，民歌之类，东拼西凑搞成一首，加了几句，铁姑娘啊铁姑娘，二人走里的铁姑娘……依然声音直来直去。妈妈说，你唱得不好，乱吼，没一点音乐细胞。你哥哥和妹妹唱歌还可以。那你唱。小李也说，娘娘唱一个。不要太激动，身体允许你唱歌么？妹妹提醒她。妈妈说，唱几句没问题。她又唱起圣歌，是她在教堂里学的。她唱得真的好，每个字，每个音符都准确，清晰，声音也带着感情，她唱的圣歌，这是她的最爱，唱给上帝听，唱给耶和华。她唱完了，我们鼓掌，欢呼，唱得真好。妈妈说，做礼拜（信仰日），在我们教会的人里，我也是唱的头几名。我们又夸赞她，确实唱得好，你要多唱，身体就更好。她说，我晓得，一切不好的问题，病痛，失眠，害怕，我都给上帝祷告，唱歌，他会给我处理好的。妹妹说，这是最好的办法，你年纪大，我们没法给你的，不能让你返老还童，依赖上帝吧，你依赖你的神，你的身体很快就会好起来。妈妈说，我晓得，我晓得，你们一起，我给上帝祷告，说你们是一起的。赌博喝酒抽烟，都不好，要克制。妹妹说，有时候喝点，抽支烟，不算太犯规，不然天天去做啥子，她没说，我们又没信上帝，至少暂时没有信仰。妈妈不知道，她以为她信了，我们一起信，无二话。我说，一切不要整凶了，像我那样没有死活地做事情。我心里虚的，本来就是反面角色，反面的。可正面也就是反面，相互的。我现在完全不赌博了，甚至不抽烟了，就是正面么？不是，我觉得还是在反面，我感觉怎样都不好。即使不说一个字，我自己觉得也不好。我要叹气，唉，唉，唉，唉，苦。叹气干什么，妹妹说，你自己要反复说你的事情，你想说，你喜欢站在反面，你其实很热爱缺陷吧，还有其他的问题，感情？家庭？这是连锁反应，一个不好就都不好。但现在不热爱了，一点也不，现在我是孤家寡人，我只想说一下，酒喝多了，我们好难聚会在一起，话多，话下酒。她说，那你继续，还有没说完的么？你要说几十年，刚才唱歌，电话，一大堆事情，把你打岔了。我还有没说完的，多得很呢，今天只说赌博的事情，说我的可恶，天性，不谈论感情家庭，没意思，没趣，无聊，很麻烦，紧张，整不好，我自愿放弃。小李，你要不要听我讲？她说，要听，姐如果想说，我们只好听。她问，几点了？她又看自己的手机，一点三十八分。我们一直不停地喝了一个多小时，喝晕了，头好浑，我第一次喝这么多酒。她没再说两点跳舞的事，两点去跳舞，她说了好多次，马上就两点了。下午不要去跳舞，又不是去商家表演挣钱，排练，缺席一两次应该没啥。就在这里休息，吃晚饭，晚饭吃什么？这瓶酒喝完，我们喝茶醒酒，妹妹说。小李没吭声，她算是默认，还是心理上并不赞同？她在纠结着，或喝多了不想动，她实在是想和我们待一下午。

妈妈，你疲倦吗？我看见你在打哈欠，你去床上躺着休息。她说，不，我很好，病已经好了，没有病了，我要这样看电视。好吧。

大概小说，最后

他们知道我要写点诗，很多人都知道我要写点诗，我工作地方的人也知道了。可能是我自己说出去的，虚荣一下，以为总有一样是拿得出手的。赌博之空余时间，我写几行诗，放在那里。用笔写在纸上。散乱的纸张，不是一个大笔记本，写完放到抽屉里。他们说你送给我们一本书吧，我就送给他们一本书。他们又回送我一本书，是一本佛教方面的书，劝人放弃恶习积德行善好施。这是赌场老板朋友写的书，他说，哪晓得他写的啥子，出了好几本，睡觉之前翻翻，催眠。那本书，我拿回家放在书堆里。然后还是继续去赌，待在那个赌场里。有个亿万富翁，他为何就住在小赌场对面的房子里？他某天来到赌场以后，这里就更加热闹，充满兴奋和腐臭味。他简直就是上面派来做慈善的，又是来折磨这些贪婪懒惰的人。他们不在意我们这些小倒霉鬼，每天专等着他来，和他的富翁朋友们（一个一个带过来）输钱，不然不开宴席。他有时一天都不出现，躲在自己的房子里，虽然心里也是很慌，他的赌瘾很大，故意让他们白等，小光，小猪，小臭，小弟弟，小和尚，老阿姨，我，有时还有小分，小吓，小心，等等，有的赢了钱就走掉，买车，买房，或者再次吃喝嫖赌，买股票（直接买亿万富翁公司里的）。他们，赌场老板每天和富翁讨论股票的涨跌，基金如何操作的技术问题，等同于自己也是富豪，专业。

但是，悲哀的是，我还是输，我明白这个叫陪同输，如果亿万富翁一个人输，他会很快没有兴趣，走掉。赌场就没钱来流动。老板想尽方法留住他，和像我这样愚蠢的人，经不起诱惑，一两句好听的话就可以留在那个怪圈里面。赌场里越来越臭，热烈，疯。小光，我上次说的，他给小和尚砍了以后，伤口好了，继续又来赌博。他赢了钱，不买股票，不自己奢侈地花掉，从不请客抽烟。老板说，他每天必须把赢的钱交给他的老婆，每天都交，不然没法活。我不知道他们从哪个地方来的，住在哪里，大家每天下午在那个赌场里见面喝茶，老板除了是规定者，他还是召集者，亿万富翁也得如此。就是这样，日日夜夜过去。他们赢得太多了，头脑疯狂，以为自己是大人物，走到一个县城里去，在县城的街上，狂妄得很，就是小光和他的朋友们，回到他们老家县城去。兜里有不少现金，狂妄得很。和人争斗起来，他们杀伤了对方其中一个人，伤得很重。小光不是最开始出刀的，吝啬鬼，但他最后补了一刀，觉得不吃亏。这些都是老板讲的，他了解赌场里人的根底。他们当时在县城就被抓了，关起来，没有谁会帮他们。最后判刑，有三年，两年，一年。小光判得最重，五年，最后补那一刀。小光不过是个傻瓜，以为是在赌场里，继续可以作弊。他真犯法，刑法。

然后，赌场继续开下去，又来了一些新面孔，大多数都是输，输完不再出现。现在赢钱的只有老板和另外两三个人，与老板关系最密切的人，日日夜夜过去。某天晚上，有九点钟左右，我们依然在赌，老板站在门口，他看见一个人进来，他说，小光回来了。我们都没有在乎他说的谁。小光走到赌桌边上，大家抬头去看他，他和我们打招呼，手里拿着一包开口的烟，散给大家。他说，安姐，抽烟。我说，你回来了么？大家都知道他去哪里了。我说，谢谢你的烟。我当时觉得有点时空错误。小光去坐牢五年，就是一瞬间的事情，我还是坐在那个方位，头上华丽的灯光，墙上的钟，麻将桌子，老板和他的老婆，给大家泡茶倒水，煮饭，买东西。走来走去。一点都没变。我说好快，五年就过去了。老板说，是有点快。小光你坐下来打牌？他说今天不打，才回来就过来打个招呼，然后回家陪老婆。老板说，随便你嘛。

第二天小光来打牌，第三天，以后，他不再赢钱，失去了某种神光，叫退了神光。他每次都输，他的老婆是不允许他输钱的，他必须拿钱回家，也没人借钱给他，然后他就站在旁边看。我发现时光问题后，看见自己的角色，太荒唐，愚蠢了，感觉羞愧，打牌时没有那么专心，失去了打牌的兴趣，赌瘾消失干净。老板怎么诱惑说劝，我都不会再去了，看都不想看一眼，热闹就此结束。

后来，最多半年后，老板给我打电话，小光死了。据说在牢里被人打，受了内伤，一直没好，我说哦，一点没有同情悲悯，我觉得很正常，人有生有死。就是这样，我，彻底远离那几十年，那些人全部退去，消失干净。我自己也有内伤，经常谴责自己，自责，罪恶感，逃避现实，越来越深，出不来。其中最多的是对家人的愧疚，包括父亲，他早就不在人世。有点简单，我希望已经说明白。